虹影长篇小说定本全编

阿难：走出印度

虹影 著

**Ananda
Out of
India**

Hong Ying

南方出版传媒
花城出版社
中国·广州

图书在版编目（CIP）数据

阿难：走出印度／（英）虹影著．－－广州：花城出版社，2022.3
（虹影长篇小说定本全编）
ISBN 978-7-5360-9593-9

Ⅰ．①阿… Ⅱ．①虹… Ⅲ．①长篇小说－英国－现代 Ⅳ．①I561.45

中国版本图书馆CIP数据核字(2021)第271847号

出 版 人：张　懿
项目统筹：许泽红　李倩倩
责任编辑：许泽红　廖顺瑜
技术编辑：凌春梅
封面供图：马灵丽
装帧设计：友　雅

书　　名	阿难：走出印度
	A'NAN：ZOUCHU YINDU
出版发行	花城出版社
	（广州市环市东路水荫路11号）
经　　销	全国新华书店
印　　刷	恒美印务（广州）有限公司
	（广州南沙经济技术开发区环市大道南路334号）
开　　本	880毫米×1230毫米　32开
印　　张	8.75　2插页
字　　数	170,000字
版　　次	2022年3月第1版　2022年3月第1次印刷
定　　价	49.80元

如发现印装质量问题，请直接与印刷厂联系调换。
购书热线：020-37604658　37602954
花城出版社网站：http：//www.fcph.com.cn

没有实现的爱才是最稀罕的爱。

我是永远无法爱你,所以我到印度来逃避你。

此小说之前名《阿难》,因为不少读者不解,且为更贴近小说本身,故改名为《阿难:走出印度》。

献给A

目 录

1 女子善怀,亦各有行(总序)/ 林宋瑜
19 "行者"虹影追《阿难》/ 李敬泽
23 修订本说明

001 开始
003 第一章
014 第二章
032 第三章
050 第四章
063 第五章
078 第六章
094 第七章
108 第八章
123 第九章
141 第十章
151 第十一章
161 第十二章

168　第十三章
180　第十四章
192　第十五章
211　第十六章

224　章外章

总 序

女子善怀，亦各有行
——虹影创作的 N 面

林宋瑜

纳博科夫在他的《说吧，记忆》前言中写道："对俄国记忆的一次英语重述的一次俄语复归的这一英语的再现，首先被证明是一项恶魔般的工作，但是给予我某种安慰的是想到这样一种为蝴蝶所熟知的多次蜕变，以前还从没有任何人尝试过。"①这里有几个关键词让我记忆犹新，一是语言，涉及母语及客语；二是重述与复归，涉及文化与经验；还有，就是"多次蜕变"。在我读到这个中文版本的《说吧，记忆》时，我差不多也与虹影的创作相遇了。当时的虹影，客居英国伦敦，她用中文写作，追述中国往事，重构记忆中的中国。

2021年3月，大部分地区正是春寒料峭，广州却已经一片姹紫嫣红。在生机盎然的气象中，我收到虹影发来的最新长篇小说

---

① 纳博科夫：《说吧，记忆》，杨青译，花城出版社：1992年，第4页。

《月光武士》的电子稿，文件名显示是3月8日修订的。3月8日这一天，是国际妇女节。《月光武士》书名很"异文化"，有玄幻小说的色彩。书名来自作为小说隐线的一则日本民谣故事：一身红衣的小小武士，骑着枣红色骏马闯荡四方。路见不平，拔刀相助，替天行道。他救了一个落难小姑娘，小姑娘不想活，小武士带她看月光下盛开的花，月色中长流的江水，人间美景皆是活泼的生命。小姑娘因此得到活下去的鼓励和力量……多么诗意和富有童话色彩！每个女孩心底都有一个"月光武士"，都有一种被呵护、被珍惜的渴望。虹影将这个情结置于残酷叙述之间，并让我们看见"月光武士"化身在人间，非常巧妙地化解了现实层面的悲惨、戾气、压抑和绝望的状态，让人有活下去的勇气。这种叙述方式，在虹影以往的长篇小说中是罕见的。

整个小说所呈现的生命情状，与广州这个季节的气息相呼应，是非常饱满、不断流动变化的生命方式。尘世的欲望与激情，色彩驳杂而灿烂；回首故乡的那种悲伤、审察和谅解的复杂心路，是对来路的回溯或追寻，潜蕴着对所爱之人刻骨铭心的依恋与怀念。小说通过真实与虚构的场景与人性解读，构造出一个强大的精神气场，生机盎然。而书名虽为"武士"，但我知道虹影的小说，主角必有奇女子。

这个一闪而过的猜想，大概来自对虹影数十年创作的理解。虹影在中国发表的第一篇小说，标题我还记得：《岔路上消失的女人》(《花城》杂志1993年第5期)，距今将近30年。虹影是多产的，长篇、中篇、短篇小说，以及诗歌和散文，甚至童话作品，其创作迄今运用了多种不同体裁，当然最重要的体裁是小说。她的叙事风格、她藏在作品里的思想情感，也一直在微妙地变化着，然后渐渐形成了她丰富而独特的文学世界。"岔路上消失的女人"似乎成为一个隐喻，或者一个预言。虹影的作品，总会让我想起女人，她们的性格、命运、生活的道路……女人的面孔是在雾中的，但身影的轮廓清晰，风一样的女人，不走直路，不在主流路线上。她随时可能拐进前方的岔路，探出自己小径分岔的莫名远方，消失又出现，或者转身是另一个神秘女子……

读《月光武士》，在阅读中升起感慨。30年的创作，对于一个作家，意味着什么？《说吧，记忆》就是在这个时候浮现出来的。我从书柜里把泛黄的书找出来，重温纳博科夫的话。如果说，虹影创作的基石，也即叙事的出发点，来自她出生以来所遭遇的伤害、苦难及困扰，来自她昏天暗地的生活记忆，那么，这种记忆究竟发生多少次蜕变，才成就当下的言说？

我读《月光武士》，走进一个少年的青春期故事里。"成长"，是虹影小说最重要的元素之一。这一次的成长，是一个少年的形象，那个愣头青小子窦小明，他的成长过程同样充满艰难曲折、迷失与回归。在他身上，既可以看见虹影的影子，也可以看见虹影的梦想。通过窦小明，她再次讲述了记忆中生活的粗鄙、凉薄与悲情，却也书写了一种刻骨铭心的、无法完成的爱情，心灵的热切追求，如梦如幻，义无反顾，至善至爱。因此让小说的底色突破灰暗岁月，很自然地呈现出一种明亮和纯粹，让阅读获得一种怦然心动和飞翔之感。

叛逆、自由、勇敢、好奇、侠气、专情……窦小明这个人物承载着理想和纯真，自带光芒，熠熠闪亮。他的生活背景是烟火气浓重的重庆市民社会。隔着纸页，我都闻得到二十世纪七八十年代"老妈小面馆"的麻辣香气，听得到江边码头汉子们粗野的吆喝。这也是一个重情有义的世界。所有的人，难以分好坏和正邪，他们是凡夫俗子，世俗的欲望与烦恼，不比你、我、他多，或者少。爱中有恨，恨里有爱，纠缠与分离，告别与重逢，剪不断的恩怨情仇，犹如那滔滔不绝的嘉陵江水，抽刀断水水更流。

当"大粉子秦佳惠"出现时，"整个身影罩着一层光，跟做梦似的"，让少年窦小明的"心飞快地跳动"。不是女主角会是谁？我还是不懂"粉子"的确切意思。专门查了一下词语解释："粉子，形容漂亮女性。'粉'就是漂亮的意思。对漂亮女人的赞美依次可以为：粉子、很粉、巨粉。在成都，大凡有点文化的人，把可能成为性对象的女人，都称为'粉子'，算是对女性的一种尊称。""粉子"是川方言。川方言在《月光武士》里并不少见，比如"哈巴""水打棒"，诸如此类，非常醒目。对于我这个在另一种方言中长大的岭南人来讲，这种阅读获得奇妙的陌生化效果。

秦佳惠是一位中日混血儿，她就是少年窦小明心中的女神。她美丽、温柔、神秘，有特殊的感染力；她身上没有虹影早期小说那些女性的凌厉、剑拔弩张，没有如《康乃馨俱乐部》那种深怀大恨绝处反击颠覆反攻的复仇心态。秦佳惠是温婉的、隐忍的、顺从的，甚至低到尘埃的，同样也是情深义重的。因为秦佳惠，《月光武士》有一种柔韧绵美的力量。秦佳惠是小说人物关系的联结点，她的父亲、落难的大学教授秦源，黑社会混混头子、出于报恩所嫁的丈夫钢哥，曾经生活在中国的日本女子、母亲千惠子，粗野泼辣而又顽强的窦小明母亲……这些人物着墨并不太多，却个性传神，留下很多想象的空间。虹影的写作,到了现在,已经张弛有度,不煽情,不文艺腔。爱恨情仇,分寸拿捏得恰到好处。叙事时间跨越几十年的一部作品,故事经历了时代天翻地覆的变化,但叙述节奏把握得很稳。物事、场景和人物关系随着情节一层层展开,读到最后,让人有一种"过尽千帆皆不是,斜晖脉脉水悠悠"的唏嘘怅然,却也可以波澜不惊气定神闲了。

结尾写道:"人只有忘掉旧痛,才可重新开始,但旧痛仍在,噬人骨髓,他将如何重新开始?"这一段是写窦小明的,也是虹影的独白。

无论是救苏滟,还是救秦佳惠,"英雄救美"都只是故事的外壳,是引子。《月光武士》的核心,有关一座城的精神变迁史,一个人的精神成长史。这种精神成长,不仅仅是窦小明的,也是虹影自己的,更是属于经历大时代动荡转折的一代人。所以,这部小说,尽管题材与《饥饿的女儿》《好儿女花》的自传色彩有很明显的不同,但究其内核,却有一脉相传的联系。因其呈现出新的叙事角度和价值取向,以及对前两部自传体小说的呼应与突破,《月光武士》应该是虹影创作的重要节点,甚至可以视之为虹影新的精神自传。

窦小明是具有双重视角的角色。一个是显性的视角,虚构的小说人物、当事者少年窦小明、男性窦小明;另一个是隐性的视角,言说者虹影、目击者虹影、旁观者虹影、女性主义者虹影。

多线叙事和双重视角,使《月光武士》具有一种复调效果和变奏曲般的音乐感。小说人物繁多,内部有着多声部对话,不同人物有各自的立场与表述。欢乐与苦痛,都在对话里或暗藏或显现。也正是这种显隐结合的叙事方式,让我们读到了扎根于虹影心中最有生命的东西,即是她关于世界及复杂人性的解读中那种真实有力的心理现实。这部小说,从个人写到群体,从家庭写到社会,横跨大半个世纪,是最普通的山城重庆百姓在历史滚滚洪流中命运沉浮、悲欢离合的深情记录和歌哭,包含她的痛与爱。这是一种叙述的转向,虹影不再执着于追寻真相与辨认某种界定。甚至,作为叙述者的女性主体、女性视角是隐蔽的,历史与记忆,虚构与想象,基于她当下的情感形态和心理认同,她从而呈现了超越性别的写作方式。

只有回顾虹影的创作历程,才能明了她当下的言说。

童年时代插入胸膛的那根刺,还在那里。拔出来,伤口还在。虹影通过她的写作,一次次晾晒内心的伤痛,那些不堪回首的往事、那些歇斯底里的喊叫,暴力的场面、践踏尊严的羞辱,都让读者产生压抑、揪心的感受。

在心理学精神分析疗法中,有一项"修通"技术。就是通过打破强迫性重复,实现满足现实需要,最终发展出满足自己愿望的能力。而一个人的现实需要一旦得到满足,强迫性重复就会被终止。更进一步,一个人能发展出满足自己愿望的能力,能做自己喜欢的、自己追求的事,愿望达成,他的身心就会放松、自如,内外世界和谐。这就是创伤记忆与心理修通的关系。这个过程,有点类似禅宗的"悟",而且是渐悟的过程。渐悟就是多重创伤愈合的过程,它是漫长而且曲折的修炼。虹影正是通过她一次次坦率大胆,甚至冒犯的书写,她的私人性故事与公众化表达,她看见了自己,接纳了自己,最终修通自己,活出自己缺少且一直追寻的那一部分。

这个最重要的蜕变契机,是女儿的诞生。"写完自传小说,是和过去的自己真实对视,在有了女儿后,才真正和过去的生活做了和解。"①虹影如是说。

成为母亲与书写母亲,是虹影最重要的生命经历。生命因母亲而来,18岁前在山城重庆南岸长大,也因此成为虹影生命的基阶。从《饥饿的女儿》到《好儿女花》,读者与虹影一起经历着边缘女性沉重的生存危机(底层的)、身份危机(私生女)、性别危机(受侮辱并损害的女性),以及自我审视、挣扎的艰难过程。这个因创伤记忆造成的巨大心灵黑洞,需要一生的时间去不停填充。那是一种多么巨大的饥饿!虹影曾经谈及心灵的伤痛:"我的内心一直住着一个困兽,我无法倾诉,我无法寻求救赎,我濒临窒息。我想一个女人为什么活着,男人、欲望、金钱和名誉?不,都不是,而是基本的生存中,那最寻常的安宁之乐,父母双全,一家人在一起相守。而现实总不会给我们。"

残缺之痛,被社会压到最低的弱者之痛,边缘性地位饱受偏见与侮辱之痛,被虹影赋予到小说女性命运遭遇中。女性,成为虹影无法回避也不回避的话题,"她是谁?""她从何而来?往何处去?"成为她无法停歇的追问。虹影写了多少部小说,就有多少个处境不同、形象各异、生命既复杂又丰富、或纯粹或妖娆的女性形象。她更多地书写了女性的受难与抗争,比如母亲,比如六六。她们好像萧红笔下的女性,卑微、隐忍、抗命。虹影也写了一些以

---

① 《虹影:不再饥饿的女儿》,《三联生活周刊》,2019年,第41期。

男性为主角的作品，比如《鹤止步》，还有最新完成的《月光武士》。但是她写男性，是试图以跨性别视角理解男性世界、审察性别关系。是站在"她"的立场发声。

评论家陈晓明曾经在《女性白日梦与历史寓言——虹影的小说叙事》一文中剖析虹影的小说《康乃馨俱乐部：女子有行三部曲》，将其称为"文化幻想小说"。所谓文化是指被漠视的文化冲突、文明冲突等问题，比如关于性与欲、财与权、肤色与信仰这些我们必须面临的现实处境中的危机与矛盾冲突，虹影通过带着芒刺和尖锐棱角的叙事话语，大胆质疑勇敢挑衅。而幻想，则是《康乃馨俱乐部：女子有行三部曲》的三个独立篇章，由一个中国女子贯串起来，在未来时间里，在三个世界著名城市——上海、纽约、布拉格的奇特经历。事实上，《康乃馨俱乐部：女子有行三部曲》从体裁来看，也可以视为科幻文化小说，或者称之未来小说。关于《康乃馨俱乐部：女子有行三部曲》中这位中国女子的名字"蝃蝀"，虹影在自序中诠释，典出《诗经·鄘风》"蝃蝀"篇。从诗中得解，包含这样复杂的意义：女人是水，水汽升发得虹，女人成精；女人是祸，色彩艳丽更是祸。于是"不敢指"，可能有些人"莫敢视"也。这个时期的女主角，是为爱而生，也为爱敢恨的，富有破坏力、反叛力和抗争性。这也是虹影当时写作的内心经验、情感经验。而当第76届威尼斯国际电影节上，娄烨的新片《兰心大剧院》入选主竞赛单元时，作为该电影原著小说《上海之死》作者的虹影，接受采访解读自己创作的女性人物时，她说："我认为原谅、宽容以及自我审判才是文学更强大的力量，这种力量是女儿唤醒了我，只不过转换了一种方式去书写，我依然是一个女战士，在文本中书写女性的反叛。"①

　　《上海之死》是虹影一系列历史虚构小说之一。虹影已经陆续创作了不少历史虚构小说，如《K：英国情人》《阿难：走出印度》、上海三部曲（《上海王》《上海之死》《上海花开落》），都是借历史的碎片，抒写奇女子的命运故事及情感关系，其中包含着虹影强烈的女性观和生命观。虹影是一个很会讲故事的作家，但她如果停留在讲故事的层面，她会容易被指认为通俗作家。虹影说过："关于小说创作，我以为只有一条规则，'好故事，说得妙'。"②这个"妙"，包含了创作的各种玄机。一部作品，故事不是作为经验的表达，它还包括了精神的探索，生命意义的呼喊。它包括并呈现了人性的复杂、心灵的复杂，还有灵与肉的冲突、搏斗、交融。所以，真正的小说创作，我们称之为叙事艺术，因为它通过叙事话语所体现的故事，其境界是一般讲故事所不可比拟的。这就是小说的人文价值、审美价值，也是创作的玄机所在。

　　关于女性的话题，《好儿女花》可以说是一条分界线。在此之前，尤其是《康乃馨俱乐部：女子有行三部曲》（《上海：康乃馨俱乐部》《纽约：逃出纽约》《布拉格：城市的陷落》），在二十世纪九十年代后期，世界女性主义理论登陆中国，各种相关概念、术语为理论界所热烈讨论、广泛使用，虹影的作品被视为最激进、张狂的女权主义文本。她笔下的女性，抗争的方式往往是对抗的、造反的、运动式的，有破坏力的。"女权主义"这个标签，贴在虹影的作品上久矣。不仅是《康乃馨俱乐部：女子有行三部曲》，还

---

①　《虹影：不再饥饿的女儿》，《三联生活周刊》，2019年，第41期。
②　虹影公众号，虹影：《我为爱写作》，2020年2月14日。

有上海三部曲——《上海王》《上海之死》《上海花开落》，虹影以她的方式演绎并塑造了筱月桂——一个小女孩变成一个黑帮女王的过程，也虚构创造一个女明星同时也是情报人员，如何面对爱恨生死的人生大问题……我认为，中国当代女作家中，没有谁比虹影更熟悉世界女权主义的理论及发生的现实演变，她也曾经很认可这样的标签。

《好儿女花》，是我初读时很震惊的小说。小说中涉及的暗黑而沉重的家族历史、怪诞而挑战人伦禁忌的婚姻生活，极端的、超常规的，都是我的想象力所不逮的世界。我与虹影，是在不同文化传统和家庭环境中长大的两类人。我自以为很了解现实生活中的虹影，但我还是无法判断小说里有多少成分是来自真实的原型真实的生活，有多少是虚构。而且面对这部作品，阅读也是需要勇气的。这部小说的动因，来自母亲的去世和破碎了的婚姻。同时，这部小说的扉页，写明"给我的女儿SYBIL"。虹影站在人生的重要转折点，一道门关上了，另一道门已打开。她追述、追寻半生的母亲走了，她自己成为母亲，女儿SYBIL诞生了。命运的改变，人生轨道的改弦易辙，同时成为虹影重建自我、确认自我的新起点。在《好儿女花》的首页《写在前面》，虹影写了一段话："我没有想到，也未敢想，有一天我会再写一本关于母亲和自己的书，但我知道，只有写完这书，才不再迷失自己，并找到答案，即使部分答案也好。"

那么，《好儿女花》之后，虹影还是女权主义者吗？

2016年9月在广州的1200书店，虹影与评论家谢有顺、龙扬志和我的一场对话讨论中,"女权主义"是其中一个重要的话题。虹影认为她已经不是一个女权主义者了。谢有顺当时说了这么一段话:"我认为最伟大的女性主义者绝不仅仅是反叛男性,或者对男性勇敢地抗议,我觉得这还不是伟大的女性主义者。最伟大的女性主义者肯定是包含了对男性的爱,其实最终还是希望改变两性对立的关系,而不是说要把男性从女性的世界摘除出去。恨不能改变一个人,也许爱才能改变。"①以此为标准,可以确定,虹影迄今依然是一个女性主义者,而且是当代中国女性作家中最彻底的女性主义者。"女权主义"与"女性主义"均是英文Feminism的不同译法,但我认为"女性主义"更为确切。"女权主义"让我们联想到的是"妇女的权利"(Women's rights),联想到西方曾经轰轰烈烈的女权运动。以此区分,《好儿女花》之前,虹影是女权主义者,《好儿女花》之后,甚至可以说,自始至今,虹影就是一个彻底的女性主义者。这个定义,来自她全部作品最热切的关注,最热情的抒写,是关于女性生命成长的各种可能,关于女人的苦难、忍辱负重、反抗与努力,关于女人的蜕变与重生,关于女人与男人的爱恨、宽容与和解。而她的性别视角、女性主义观念,在创作过程中,是不断演变的。

我重读《好儿女花》,再次走进这部争议不休的小说里。外婆与母亲之间的恩怨,成为理解这部小说叙述转向的切入点。从起源处重新审视自己的人生,以母亲为镜,看见自己尚未充分呈现的另一部分人格,给自己整合、重塑、新生的机会,我以为,这是《好

---

① 花城出版社公众号,《虹影〈康乃馨俱乐部〉与中国女性书写蜕变》,2016年9月14日。

儿女花》的书写意义之所在。"外婆的心眼儿诚,她种小桃红,朝夕祝福。母女之间长年存有的芥蒂之坝冲垮,母亲的心彻底向外婆投降。母亲泪水流个不断,悔呀恨呀,可是也没用,外婆不能死里复生……"[1]这是一部多线叙事的作品。除了母亲去世这条引线,还有婚姻崩溃这条线,还有"我"与兄弟姐妹之间的亲情关系这条线……每条线既清晰又相交叉纠缠,是一团越扯越紧的人间乱麻。更重要的是,在这貌似纪实、裸露、传记体的显性叙述中,却有一种小说氛围被精心营造出来,把读者引进内在隐秘、紧张、险象环生的中心。越过了相互关联的人与事,穿过整个关系蛛网,我看见虹影在描叙"小姐姐"的小唐,又换一套笔墨在讲述"我"的丈夫。然后"小唐"与"丈夫"合二为一,那些伤害、屈辱、压抑、恐惧、危机感……与对母亲的追述交织在一起,五味杂陈,伤痕累累。"我"和母亲作为典型的女性边缘人物,一生贯串着被嫌弃、被嘲笑、被误读、被羞辱的命运,但也以不同的方式相似的勇敢顽强,忍受着来自世界的恶意,经历跨越创伤、自我疗愈、忏悔、和解、包容并重建的艰难过程。

而对于这部小说中"我"与小唐、小姐姐的三人行关系,我曾经目瞪口呆,找不到如何评述的词。但这次重读,我清楚地看见虹影笔下一个PUA(Pick-up Artist)高手形象。"丈夫"形象可作如是观。我不知道虹影在写《好儿女花》时是否意识到这一点,但至少,她大概知道心理学中的"煤气灯效应",即认知否定,一种通过"扭曲"受害者眼中的真实,而进行的心理操控和精神洗脑。

---

[1] 虹影:《好儿女花》,江苏人民出版社:2009年9月版,第25页。

创作《好儿女花》时的虹影，以强烈的女性身体意识和直觉在书写创伤，小说中大量的短句子，那种紧迫节奏，像是沉重的喘气，给人一种窒息感。压抑的痛苦、深藏的悲伤和耻辱感，构成文本的隐性层面。其基底，有心碎、怨怒、依恋与矛盾的爱。虹影带着武器和盔甲。也就是说，她一手握矛，一手持盾，她的攻击与防护都是有爆发力的。《好儿女花》的开头写着："温柔而暴烈，是女子远行之必要。"这可作为解读这部小说所有扭结不清的情感及复杂人性表现的钥匙。母亲葬礼结束不久，女儿诞生了，新的生命开启了新的未来，意味着各种可能。外婆—母亲—我—女儿，虹影循序抒写了女人的命运、身份蜕变与重生。它既意味着生命的轮回，同时构成一个极有张力的生命之环。无私的母爱，是其中触及灵魂的救赎力量。

而关于母亲的叙事，从《饥饿的女儿》开始，就执拗地贯串在虹影大多数的小说中，这是她难以释怀的心结。这部为虹影带来极大创作声誉的自传体小说，同时也是饱受争议和误读的作品。因为身世之谜及身份危机所带来的困扰，虹影闯进兵荒马乱之年母亲的爱情与婚姻历史之中。"我是谁？""生命从何而来？""什么是爱？""母爱是什么？"这些看似终极追问的困惑，在敞开裸露的家族历史追寻中，一步步逼近真相，难以直面。这让一个18岁少女的情感变得复杂、矛盾而纠结，几近崩溃。而它所引发的争议，恰恰是这种言说的方式触及当时作为叙事禁区的身体伦理与情感越轨。今天重新读《饥饿的女儿》，会发现，这种看起来极其胆大妄为的叙述，其实是老实坦白的手法。迫不及待地直白倾诉，甚至滔滔不绝，让虹影顾不上修饰、隐匿、曲笔、善巧。正如汉学家葛浩文的评价:"许多此类书,我看有个共同点,就是想要宽恕自身劣行,或呼喊受冤,或自我标榜,或有意卖弄……《饥饿的女儿》贯串的特点是坦率诚挚,不隐不瞒,它就是为什么连续三天时间我一直在读这本相当长的书稿。"①

写女性的命运道路,写两性关系,脱离不了性爱描写。而性描写,也是虹影小说被议论纷纷的一个方面。但不得不承认,虹影是描写情色的高手。性爱几乎是她小说的贯串性旋律,1999年写成的长篇小说《K:英国情人》,是其性爱主题的登峰造极。也因其惊世骇俗、颠覆传统引发更激烈的争论,甚至惹来官司。这部小说的内容,通过东方知识女性闵与西方登徒子、青年教授裘利安的性爱传奇,将女性的主动性、自主性、自由精神写得淋漓尽致,无法无天。这显然是对男性中心主义的挑战。中国没有哪一个女作家敢如此写,也没有哪一个男作家会这样写。而最新完成的《月光武士》,荷尔蒙气息和肾上腺素同样弥漫纸页之间,写得血脉偾张。细节,非常考验创作功力,它是小说坚实而永恒的支点。正是通过细腻而奇妙的性爱细节,画面感极强、激情洋溢、狂野浪漫,使虹影小说中的性爱描写场面,被关注,也被读者津津乐道、褒贬不一。虹影写性,不是欲望化叙事,也不在于猎艳、宣泄。"性"是其风月宝鉴,以此照见人性与人心,照见性别文化的历史与演变。也是从写"性"的态度上,虹影小说显示出极大的文化张力:性别文化、中西文化、传统与现代的文化碰撞……

好小说除了好故事,还应该在其话语方式中包括作家对世界、

---

① 葛浩文:《〈饥饿的女儿〉——一个使人难以安枕的故事》,《饥饿的女儿》,知识出版社:2003年,第234页。

对生命、对生存的看法和态度，以及价值取向。创作技巧是融入作家的洞察力、评判力和思想观念的。

很难说虹影的话语方式是传统写实还是后现代颠覆，是女性主义还是新历史主义，是海外流散文学还是乡土文学。似乎都包含了，界限不清。更准确地说，她的创作，从形式到内容，往往是跨界的。

创作达到成熟的阶段，跨界是自然而然的，体裁只是借来表述的工具。就好比武林高手，不按套路不拘拳法，该出手时就出手。萨尔曼·拉什迪给儿子写过《哈龙和故事海》，智利女作家、《幽灵之家》的作者伊莎贝尔·阿连德给自己的孩子写过少年探险奇幻三部曲《怪兽之城》《金龙王国》《矮人森林》，英国大作家吉普林写过《丛林里的故事》。而成为母亲的虹影，是否也会为她的孩子写书呢？

虹影果然写了《神奇少女米米朵拉系列》《神奇少年桑桑系列》九本小说。《米米朵拉》讲述了10岁主人公米米朵拉怎样在"丢失母亲"之后走遍世界的寻母冒险记，是一次对童话、神话、奇幻、民间故事等多体裁的混搭，讲未来世界人类会面对的种种困惑和危险。这是她对女儿爱的启迪与教育，她自己也在成长。成长是生命不断变化，从一种境遇走向另一种境遇的过程。小说所要表达的，正是这种变化着的生命哲学。她从对女性欲望叙事、两性关系探寻，到对母爱、友谊、亲情等普遍人性光辉的呈现，把自己生命中寻找到的重要意义表达出来。而这个核心，是关于女性身份与生命道路，关于女性命运的各种可能性，关于女性心灵的深刻体验。在这个意义上，虹影是真正的、彻底的女性主义者。

《好儿女花》之后，虹影关于性别关系及女性的生命观，有明显的转变。如果之前的女性形象面对男权中心世界的方式是呈现创伤、控诉呐喊、对峙复仇的，在《罗马》《月光武士》中，她赋予女性人物更鲜明的现代性，独立、自主、圆融洒脱。比如《罗马》里的燕燕和露露，以及《月光武士》里的苏溉，还有秦佳惠最后的人生抉择……她更多强调女性的自我意识、自我觉醒，女性必须成为一个吹笛者，才能得到拯救。

转变的力量来自虹影心灵上生长起来的爱。小说虽是虚构，但它的情感、表现出来的生命情状都是真实的，活生生的。所以说，小说也可以视为作家的个人史、心灵史。虹影的小说人物，总在反复提出这样的问题并试图去解答：什么是爱？什么是生命？你是谁？我是谁？什么是现实？什么是幻象？

神秘的幻象也是虹影小说中无法忽略的写作元素。她以此呈现另一类生命景象、另一种声音的存在。她看见不同的能量。《月光武士》中总在江边赤裸出没、不断被性诱怀孕的黑姑，她面貌丑陋、疯癫狂野，却也叛逆强悍、肆无忌惮。这个角色，在《饥饿的女儿》中曾以花痴的面目出现。无论是黑姑还是花痴，这个形象都给作品带来怪异的气氛，有一种冲击力。我设想，这个疯疯癫癫的女人是虹影的童年记忆之一，她的叛逆强悍是虹影在屈辱无助的年代内心渴望拥有的力量。如今她既是窦小明的性启蒙角色（有点类似《红楼梦》里贾宝玉梦遇秦可卿），也充当了秦佳惠形象的反衬，以一种非常态的出场，释放出被压抑的最原始的生命能量，挑衅强权的男性世界。这是虹影一以贯之的女性主义立场。

而出现在《月光武士》中的另一个神秘人物是黑衣黑帽的宾爷。来无影去无踪,神出鬼没,似在非在,似人非人,却牵着会算命的神鹅,"会算命,代写信"。他出没于窦小明走投无路之时,犹如路标或先知。宾爷与其说是一个人物,不如说是一个作者设置的隐喻性符号。宾爷让人想起写于1996年的《饥饿的女儿》中那个在"我"走过的路上若隐若现、一闪而过的神秘男子。究竟意味着什么?这是一个困扰"我"的问题,也意味着前方有未知的各种可能,让"我"好奇,也让读者好奇。他仿佛是灵魂的秘密,而"我"的身世之谜已揭开,这个秘密却没有答案。20多年后,《月光武士》里的宾爷与之呼应,宾爷特立独行,走过混乱嘈杂的俗世,走过方向不明的暗夜,他是魂,是秘响,是叫醒的力量,他照见尚不为人知的精神内面。

这就是虹影的无界书写,也是她创作的N面。也借用《诗经》的诗句"女子善怀,亦各有行",典出《诗经·鄘风》"载驰"篇。这里的"女子"是诗中咏叹的远嫁许国的卫国女子许穆夫人。所谓"女子善怀,亦各有行",指的是许穆夫人要回卫国吊唁卫侯失国,却遭许穆公等人阻拦,夫人被迫折回,路上抒发自己的不满情绪。身为女子,虽多愁善感,但亦有她的做人准则……这大概是中国最早的女权思想表达了,许穆夫人道出了多少善怀女子的共同心声。虹影的叙事风格,已经发生很大的变化,在《月光武士》中,我读到平静淡定与开阔,她的写作进入一种新的境界。而且她的跨界写作已经很自如,不仅是历史与虚构融为一体,私人话语与公共表达也熔为一炉。诗意和散文化,也作为动人的抒情碎片镶嵌其中。而最根本的内核,悲伤之中对生命微光与暖意的珍惜,绝望中的信心与心怀希望,越来越彰显。

归去来兮,永远的长江水。从18岁知道"私生女"身世出走山城,到走遍世界之后,认定自己的灵感源泉依然在长江两岸。重庆,成为虹影写作的原点,流动的长江上游至中下游(武汉、上海),成为她最根本的文学地理。每个人心中,都有回不去的欢愉或伤痛的过去,生命一直在流动中变化。说吧,记忆。重新发现,重新看待,重新获得新的视角与领悟,这是精神与心灵的转世重生。这个过程充满内在的艰难,却意味着脱胎换骨,意味着无限想象的各种可能。

2021年5月26日

"行者"虹影追《阿难》

李敬泽

去印度,在千多年前的中国是时尚,比如唐三藏,那和尚去取真经,九九八十一难,受够了苦,修成了正果,还写了一本"行走文学"——《大唐西域记》。现在,去西藏是时尚,但如无喜马拉雅山以及护照签证的阻隔,我相信我们也会一窝蜂地去印度。

虹影先去了印度,写了《阿难:走出印度》,我一边读这本小说,一边想起最近有三个以上的朋友说过:想去印度。他们的表情纯洁、神往,照耀着佛陀的阳光已经提前照在他们脸上。拥有知识、金钱和闲暇的中国人总觉得还缺点儿什么,这一点儿在他们的生活中、在此时此地找不到,他们必须确定某个"远方"或"异域",在他乡中找到故乡,精神上的故乡。

由此可见,咱们的小布尔乔亚或"中产阶级"深谙精神和物质变来变去之理,去远方,比如西藏,这是个与Money有关的问题,但也是一种精神洗礼,受洗的人有福啦,他会觉得自己的生活和身份都变得特充实、特有意义。

所以,去印度吧,那比西藏更远、更本原,是真经所在。去的时候建议随身携带《阿难:走出印度》,既可充旅游指南,又可作为情调训练,类似于酒吧里放着背景音乐。

但《阿难:走出印度》的问题是没找到"真经"。这本小说里,一大帮子人,主要是两个美女都在慌慌张张地寻找一个叫阿难的男人,此人一开始是个令人神魂颠倒的摇滚歌星,但看着看着,我们发现他已经成了大歹徒,类似于赖昌星什么的,于是言情又成了追捕,追呀追,追到印度,结果,两女子眼睁睁看着阿难走进了恒河。

阿难回不来了。这违反了时尚的"精神之旅"的初衷,我们原计划揣着一颗洗过的心回到我们的幸福生活,虹影却像病毒一样搅乱了程序,她等于告诉我们,唐三藏到了灵山却毒发身亡。作为小说家,虹影利用了我们又打击了我们,她利用了我们对远方异域、对精神和意义的向往,最终却把我们引进了一派广大的空虚:恒河沙数,你是沙中的沙,你沉下去,消失……

这是由佛家语汇精心包装的空虚,它其实正好是我们的心里所缺的那一点儿,在《阿难:走出印度》中,"那一点儿"用西藏的雪山或印度的恒河都无从填充,那是从我们的历史中、从我们的现代化进程中迁延下来的宿命。

于是,这部神秘诡异的书又是冷厉的、理性的。去印度,不是为了求神拜佛,也不仅是为了找情人、抓罪犯,是为了把故事的纵深推进二十世纪四十年代：在缅甸对日作战的中国远征军败退印度，一位军官爱上了印度女子，当然，他们的孩子就是阿难。阿难的父母双双死于印巴分治时的种族仇杀，而阿难在香港的恋人恰是当日在印度捣鬼的英国间谍与一个中国大学生的女儿。

——《阿难：走出印度》又变成了家族小说，复杂的血缘谱系，恩怨纠缠，不是冤家不聚头，这一本烂账几乎具有命运的力量。在命运中暗自运行的是宏大的历史：古老的东方世界在与西方殖民主义的对抗中建立了现代民族国家，这是我们的根基、我们承续下来的遗产，这份遗产中充满激情和希望，也充满迷思和困窘。印度的光荣独立马上引发了血流成河的兄弟相残，阿难就降生于那时，他是遗腹子、孤儿，在虹影提供的宏大背景下，你不禁会想，他是谁的遗腹子？他是什么意义上的"孤儿"？去印度，阿难也许是为了追寻自己的身世和来源，但如果他最终找到的是当年加尔各答街头的那片血泊，那他又当如何？

阿难就是"难"，困难与苦难，是我们无可排遣、终须面对的精神之"难"与历史之"难"。对此，中国的小说家们从各种角度、以各种策略进行着大规模的勘探，但虹影是独特的，她是"行者"，她从长江边出发，向西游行至了伦敦。她不同于住持的和尚，她知道近代以来中国的一切事都可以在与西方的复杂关系中开始理解。

这话也可以反过来说，你要理解西方，可以从东方开始。在一个巨大的世界体系中，你的思想一直向西走，总能回到东边。虹影从英国、从英国统治下的印度、从已回归祖国的中国香港，寻踪蹑迹，以刁钻迂回的路径重新勘定我们原初的困境，那是在与西方殖民主义的关系中暴露出来的：既是英勇的对抗，又是自我毁坏；既是成功的响应，又是无可救赎的罪愆。

——虹影像个史学家，而且是我所钦服的那类史学家，她掇拾偏僻、边缘、零散的材料，经一番整编、训练，偏师突起，修改历史图景。这副手眼显然与她的海外"旅居"经验有关，但是，"旅居"也反过来限制了她，就《阿难：走出印度》而言，对那些活动于此时的中国现实之中的人物，她的描述难称准确，她是有点隔膜了，她很难赋予人物像《K：英国情人》那样的充盈血肉和无可争辩的说服力。《K：英国情人》是完美的小说，某种程度上也是由于它对现实封闭；而写《阿难：走出印度》时，虹影发现她面对一个向着现实敞开的巨大关口，为了避开读者在这个关口上的严苛核实，她机敏地利用了自己的隔膜，她甚至设法把"隔膜"变为了奇观——

她带着她的人物，带着读者，去遥远、神异的印度。

修订本说明

在意大利深山中，面对窗外终年积雪的风光，心里特静。看这部小说，心不静不可以，修订时更是如此。

这算是我的第五部长篇，在艺术上最敝帚自珍。我仔细安排了多重"不可靠叙述"，读者会发现，连"我"都得对自己撒谎隐瞒，因此迷障重重复重重。语言上则故意求涩，给你一个胡桃，你得用牙齿咬碎它。

去掉三万多字，有部分片段重写。胡桃肉更有嚼劲，但是我在胡桃壳上先咬出了一些缝：你的牙齿，我的牙齿，我们的胡桃。

这本书一出版，我就想修订，2002年书再版时我开始做这工作。每次心躁性狂时，我就坐下这里那里改两个字，仿佛又落到那个天才少年阿难的魔力之中。渐渐地，我心如止水，像第一次在庙里见他，看他静立于释迦牟尼身旁。这个阿难熟记佛典精要，和我们一样容易受诱惑，但终于成为"尊者"，成为"如是我闻"的叙述者。

我小说中的阿难是摇滚歌星,历经劫难,潇洒而豪富,他的信仰却只有富了再富,犯罪也在所不惜。最后到了印度,甚至没有逃跑的欲望,只想回到无拘束流浪的往日。

我曾跟随这两个阿难的足迹,走到地之边、天之涯,也是那样地不想回过头来。

不完美的爱才是最美的爱,没有实现的爱才是最稀罕的爱。我永远无法爱你到完美的地步,所以我逃到异国来。看见了吧,太阳出来,越过地平线,你就不在我的眼里了。

校对这些句子,感觉自己依然留在地平线那头,恒河金黄的细沙,一如既往地顺着河水流淌,而夕阳像悬挂在那里,一直没有落下去。

再校对这些句子,才明白自己一直尝试在遗忘的河流观看那个我,也才渐渐懂了为何那年毅然决然要有那印度之行。

开始

我必须写下遗言,再晚就来不及了。

遗言本身倒是很简单,没有什么不到临终不宜说、不便说的秘密:我的死与别人无关,绝对是个人的选择。不要任何告别追思,骨灰倒进垃圾箱,千万别撒往什么山河。只需按我开列的几个地址,把此信复印件寄过去。首先,让他们不必再等永远不晚的君子报仇机会,这对他们是个精神解放;同时警告他们,不允许在报刊上写纪念我这个"生前好友"的文字。目前无此忧虑:没有编辑会刊登关于我的消息。我是要他们将来写自传时——这几个人肯定是会写自传的人物——不许冒充我的朋友或敌人,我此生无敌无友。

伪造历史是可耻的。

如此而已。结束。

以下是利用命运多给我的几分钟,写给拆看此遗书的人:我现在心境坦然,如深井之水,没有一点悲伤,当然谈不上疯狂。事实上我非常健康，我的肌体没有丝毫朽败的痕迹，像一枚熟鸡蛋一样净洁，值得爱护。每天一早就起床；每晚洗澡后，半杯红酒、一杯牛奶，我一生从未感到如此宁静。

看此信的人，谢谢你读完。你会理解我的，即使你这刻不能，今后总有一刻你能。为了保证死无回头，我会给自己一个双重死亡。例如过量安眠药加上割腕。医院救一头顾不了另一头，但法医会误认是谋杀伪装自杀。为避免无谓纷扰，殃及无辜，我现在写下我的死亡剂量——

不，不能写了，黑衣人已经推开虚掩的门，朝我一步步蹑足而来，我感觉得到自己兴奋起来。我听见凶器在铮铮作声。我知道你会抱怨：至少应当给一点解释。没时间了。我得放下笔，转身去拥抱他。

第一章

    飞机过了黄河，继续朝西南方向飞，北方单调的衰黄消失了。云层之上，一两个小时全是一样无聊的景致，一成不变的混沌。我坐在靠窗的位子上，喝着咖啡。机舱正在放一部搞笑片，把臭鸭蛋汁涂在郁金香上，当街让路人闻，隐藏的摄像机拍下每个人的怪相。耳机里笑声大震，机舱里却寂静无人声，邻座戴着耳机却鼾声连连。我早就丢开耳机，拉下窗罩闭目养神，睡意淹上来。

    突然，眼睛被一种奇异的感觉撑开，窗缝中切进一剑蓝光。我推上窗罩，竟是无边无际一色净蓝，镶嵌在白如喷玉的雪岭间，莽莽苍苍的雪山世界，好像是另外一个星球。强烈的光芒涌上来，这纯蓝纯白，刷地一下撕裂我的视网膜，美得叫人透不过气来。

    我赶快坐直身体，贪婪地扑到玻璃窗边：帕米尔！这就是帕米尔！飞机正在越过世界屋顶，像一条沉默的大鲨鱼，擦着怪石嶙峋的海底慢慢巡游。从空中看，那远远的高峰弧线，漫漫无垠，昆仑与兴都库什像两条巨蟒缠结。掠过机翼，昆仑山远远不止2500公里，如一个巨大的军团，悄无声息环绕着整个地球沉沉行进。我往下看，看山与山之间的幽幽深谷，觉得身体轻轻浮起来，意识轻得干脆消失了。一刹那，恍然整个人已经离开飞机，飘在空中。

我忽地猛醒，赶快抓住座位把手。难怪世界上那么多人，不管是不是信徒，热衷于到印度"朝圣"。翻过了这些人寰之外的雪峰，还有什么不是神圣的？难怪苏霏会生拉活扯地要我做此行，她精致的脸此时露出得意的浅笑，说：你看你看，明白了吧！

为这一瞬间的灵魂出窍，我得好好感谢她。我打开超薄便携电脑，点开网页，写了一大篇，才想到飞机上不能发送电子邮件，只好悻悻作罢，放在待送件里——此情此景，最好即刻公诸网上，不然什么时候才有如此飘逸的兴致？我们的生活已经结实甜腻，犹如一块咖啡色的巧克力。

一个星期前，苏霏从香港打来电话，要我写一本印度之行的书。她的要求很模糊：说是可以像传记，也可以是采风片断。

我说什么"传记"？是游记吧！这几年出版界弄出个行走文学热，邀请作家黄河抒情，东北三省采风，西藏跋涉。也有不少出版社给了脸面请我，我不应该摆架子。但是，写书在我一直是很痛苦的事：我的整个写作生涯，从来没有什么创造兴奋，如痴如醉地狂书只是别人的福分。我经常像临盆半个月都生不下孩子的孕妇：万般难受，还得控制自己，不要发疯。一整天下来只写了几页纸，没有一字满意。端坐在桌前,觉得还不如世界末日降临,让全世界,让我本人,还有这几页烂字,全部在地狱之火中灰飞烟灭。

或许像我这样有终身"笔障"的人,做作家实际上是自己找罪受。灵感如久等不到的情人,精子不游来如何结果?跑到外面去疯,几乎就是承认自己久已绝经。至于与几个从无来往的人合写一套定做的书,就像参与拍一部"贺年片",别人没笑,自己已经觉得太贫嘴。

苏霏在电话那端,一声不响听了我一大通不咸不淡的话,然后不紧不慢地说:"就你一个人去印度,写不出来也没关系。"还没等我说话,她又说,"那个地方终会在你手心里热起来,是魔呀!"

我从来没听人约写不出没关系的稿。魔?到佛国找"魔"?我轻轻笑了。

她说:"别只顾笑,你一定得帮我这个忙。我早就跟你说了,不能光顾着写流芳百世的大部头小说,你应当包写专栏,写作就会像走上新轨道的车。得让一沓订货单逼着你。我知道你不信,这次算试验:你一路写,星云网上保持每两天更新连载,香港《每日半月刊》每期刊登,最后成书也是每日集团,出。"

苏霏是每日报社长、星云网的CEO,图腾影视公司的董事长,在香港算得上媒体顶尖级人物,著名新经济女强人。她一谈实的,我反而仔细听了,倒不是贪利,而是听传媒人谈艺术特别难受:不是说他们谈艺术外行,这些聪明人物比我们文人智商高得多。只是他们一谈艺术,总让人觉得话中有话,听他们谈"条件",才揣摸得出真心的程度。

苏霏认真地说:"内地出版社一般只出三万人民币预付金,最多也就是五万人民币,我们预付你五万美元做旅费,稿费每次发表都付——每次都是一字一港币,怎么样?"她又加了一句,"名家嘛!"

"别乱捧了!大牌作家多着呢,为什么我去?"我反问。其实我有点心动,不仅是钱的诱惑,还有苏霏非要我去不可的决心,以及如此高价的抬捧,的确是面子。我不是超凡脱俗之辈,有预付金,有稿费,我得养活自己。我并不清高,也没人稀罕我清高。我心里明白不可能顶住这个诱惑,嘴上还是不肯应承。

她在电话那端声音变甜润了:"如果阿难在印度,你的'笔障'不就烟消云散了吗?"

我和苏霏谈话,一说到阿难,气氛马上不同。看来苏霏真急了,不让我讨价还价,就亮出了撒手锏。来得太突然,却让我怔住了。

苏霏猜透我在想什么:"你是傲慢的极点,谁对你不感兴趣,你才对谁有兴趣。阿难也是傲慢的别名,只愿见对他傲慢的人。你们俩不想比试比试这劲头?"

我嘴上支支吾吾,咯噔一下一响,懂了,原来这姑奶奶是要我去追着采访阿难,难怪她说书可写得像"传记",我还以为是她口误。

阿难是我十五六年前崇拜的对象,那时青春年少,阿难是"异类第一"的摇滚歌星。闻名中国、正当红时,此人突然告别艺坛,去做别的事。

我一直都没有缘分结识这个奇人。自从和苏霏认识、成为好朋友后,关于这个人听得实在太多。她自称是阿难"第一迷",是香港传媒最早到内地采访阿难的人。苏霏没有明说,言下之意:她是这位天才的发现者,甚至她是阿难神话的创造人。

我说:"好苏霏,不用再说了。我得盘算一下,看看手中别的事能否让路?半天后给你答复。"

"行。这条电话线给你空着。就等你一句话。"

我再次说:"半天内一定给答复。"

结果,不到一个小时,我就打电话过去了,说我同意去印度,而且第二天就可以出发。

我听见苏霏在那头得意地笑了。

"我知道你是爽快人,和我一样。"她让我第二天上午到机场取了票就走,机票早就订好在我的名字下,回程OPEN头等舱。

这个苏霏,早猜到我不仅会同意,而且会抛开一切,马上就走!我佩服得想马上放下电话,以免她从这根细细的电话线,又揣摸到我的什么心思。但是我必须向她提出一点,关键性的一点:整个旅程,一切用电邮联系,便于文字直接在网上连载。不用手机,免得双方贪图一时方便,放弃了网络文学的特色。

我这么要求当然有我的考虑:我希望有一点独立行动的自由,不想完全被她拽住缰绳。

苏霏没有想到我以子之矛攻子之盾。但她是"传媒皇后",兴趣恐怕被勾起来了:"行,我们给你头条,来一个创新的'文学旅游跟踪采访录'。但是,每天至少一两次联系。"

"总不能让读者都看到我们的网上传情吧?"我笑起来。

她也乐了:"当然,不会全部公开,要编辑一下。"

"那好,"我说,"谅你也不敢公开。再见,我去整理行装。"

"别着急,"苏霏好像放下一桩心事,突然来了谈兴,"别放下电话,我们姐妹俩聊聊:我这刻儿正高兴。写历史的小说都缺少冲击我的电波,甚至你的小说,写得不错,但我总觉得差了什么。你可以让一千个亡魂与你的小说一起震荡,可是对我无用。我只听到房外刮风声,看不到房内人暴戾的心。"

"阿难现在在印度做什么?"我不客气地打断她。传媒老板又谈起艺术,而且语言尖刻刁钻,好像存心拿吃文字饭的人开心,不断提醒我世界上最容易不过的是当文人,作家诗人只是图虚名的懒人而已。

苏霏话锋被我挡开:"这点不重要。"

"你怎么知道阿难在印度?"我紧追不舍。

"猜测而已。"她语气中听不出任何不快,"如果撞上异乡奇遇,岂不是妙事。"

我知道她不愿意深谈,暂时到此为止就可以了。于是我问:

"那么我去干什么?"

"那儿雌雄孔雀都渴望你,嫉妒的叫声,我在香港听得耳膜痛,你的笔落进万丈地狱也会开出三十六朵莲花。"

我当然明白苏霏的讥讽,真正里手行家才会懂得花刀高招。苏霏击中了我的要害。我已经撑着下巴,在笔障前痛苦了几个月,不,几乎有一年了。有时候,我觉得我的脑子已经成了化石,我的写作生涯,也得像我之前的许多作家,尤其是女作家,远远未到更年期,就断了创作激情。

我当然不相信在异乡会找到我的灵感,只是苏霏——这个不达目的不罢休的女强人，她或许是我的催命鬼。看来我不写一本她要的书，封不住她讥讽的舌头！我没有再推却的理由。

所以，今天我飞越帕米尔，实际上是被命运突然抛过来。

虽然我如每个孩子，曾幻想某一天能够到印度去。掐指一算，这梦做在十几年前，还远一点，应该在二十五年前——第一次从书上读到"三魂六魄，早飞到爪哇国"的句子，我实在神往不已。爪哇当过世界上最远的地方。《史记》里印度有个吓人的名字，叫"身毒"。要到印度光是灵魂出窍还不行，还要有追索的韧劲和毅力，那是玄奘去的地方。二十五年前，我还是一个十三四岁的少女时，有一天读完《西游记》，我在学校的世界地图上找它。怎么也找不到，原来正是我的手按住的一块铬黄色三角，我一松手，它就像一张大地毯神奇地飞落在我的心里。

那时我还是个穷人家的小女儿，整天担忧新学期马上到，我该用什么办法，在家哭闹还是求灶神爷帮助，才能弄到学费？那个早晨天麻麻亮，我跳出被窝，一溜小跑去排队等菜，拿着的菜票却被风吹掉了，我只好惊惊乍乍地一路顺风找，有了菜票才有菜，没有菜就用酱油泡饭。生活艰辛，日子难过，我忘了远方异国名称，那两个音调神秘的字，就此少了一些魂魄之旅。

后来，一个人离家远走，出门在外，多少辛酸化作一纸文字，为生存，从一开始我就违心写一些自己不喜欢的题材：写作成了劳作，枯燥累人。有时自己写的东西自己看了都恶心。那种年月，忘记做梦是当然的。偶尔回想生命里的人和事时，会觉得我失去一些宝贵的东西：其中有些东西似应有却无，正因模糊而更宝贵。

飞机就像我每天面对的书桌一样平稳！不用敲击电脑，我用大脑写，我最喜欢不记下来的写作，那算得上最冒险的写作。舷窗外是皑皑雪原，白得不应当被任何笔墨文字玷污，再看那云海，一波一浪拂在我的裙边，已经开始有几分像模像样的温柔。

我一改上飞机前的三分不情愿，开始找理由说服自己：这是我本来就感兴趣的题目。起码这次旅行我并不是为稻粱谋，也并不完全因为苏霏是我的好朋友。她电话里提到的人，正好也是我一直想见的，或许真会在印度。况且，为朋友写作，比仅为谋生写作要愉快得多。

艳妆的空中小姐经过，拿走咖啡杯，留下浓烈的香水味。突然白雪消失了，立刻蓝天也消失了。飞机过了帕米尔，又进入一片云海之上，想来下面就是印度，那温度，那潮气，已经变成了厚厚的云层。那些平原河流的土地，突然变远，只剩下心里一个罩在迷雾中的国土。我高兴起来，想想吧，我竟然在飞往印度，这个中国人很少去的神秘近邻。

我起身，走动一下，看一看后面机舱，黝黑皮肤的，白皮肤的，就是没有几个黄皮肤的。西方人我无法从外貌瞧出究竟，同胞我眼光一扫就明白：不是商人，就是官员。商人说话大声，衣着看来随意，全是最贵名牌；官员一身西装革履，整齐得像用尺子画的，有意莫测高深，沉默是金。尽是些人模狗样地干活，不值得看第二眼。我坐回去，或许，我是唯一的旅游者，真正的普通中国人的代表。

下午五点四十五分准时到达新德里英迪拉·甘地国际机场，机场设施不差，能镀金镀银的地方全晶亮闪闪，地面光滑，两个清洁工跪在地上擦，后面站着一个人，双手抱在胸前，目光炯炯，制服上金穗闪烁。我明白，是监工。如此公然摆出阶级分明！不像其他国家，至少遮一点羞。

过海关后，我拖着我的全部行李——一个滑轮行李箱，很快到了出境大厅，有个24小时服务的国立银行，在申请签证时拿的旅游资料说，应该在这个机场唯一的银行用美元换些卢比。排队时看见美元兑换卢比的比率是1∶45，我决定先换200美元。

放好所有的甘地头像，刚到出口，好几个男人热情地拥上来，团团围住我：

"女士，我们的车最豪华，最实惠。"

"我们有便宜又舒服的旅馆，包你满意。"

我边说"对不起"，边往外挤。

天已暗下来，早有朋友警告过我：请警察叫出租才安全。果然，一见我朝十来步远的警察走去，围着我的一伙人很不甘心地散开，嘴里仍嚷嚷，又去拉别的客人的生意。看来我关于此行的家庭作业是有用的。

出租车把我带到位于城中心詹帕斯路上的帝国旅馆，苏霏给我传来的电子信里说早就订好的。在车里我感到极累，到旅馆后反而兴奋：房间干净宽敞，床太舒服，掀起床罩一看，竟然是绳床，编织结实美观，好像印度最好的手艺人是做床的。有细纱蚊帐，楼层高，应当没有蚊子，想来是增加浪漫情调。还有冷热空调和热水，满房间仿古董的银器、桌子和柜子,包括专供上网的专线,隐在柜子里的电视、冰箱、传真机,布置得典雅精致。

我坐在床边,很想躺下睡个好觉,可是我不能睡,心里搁着事,得做了才行。在飞机上吃了饭,不觉得饿,我取出电脑,插好电话线,添加了一个新德里的因特网连接方式,不到五分钟完成整套程序,就给苏霏发电子信。我告诉她我到了德里,谢谢她为我订的这旅馆。

送出这信,五分钟后我收到苏霏的回信:我的小姐,我要和你聊聊。

苏霏的中文打字特别快,好像从她嘴里直接跳上屏幕似的:

"不用谢,旅馆特价一夜300美元,一点小意思:新德里旅馆费由我这儿出。"

为什么让我住这么个五星旅馆?苏霏常说,在香港住什么旅馆显示什么等级,最讨厌这种市侩气。她这么个趣味清雅的人,现在为什么如此做,是否认为我会感恩?

"为什么此地五星旅馆贵如巴黎纽约伦敦?"

"最高消费价格,全球差不多。尽情享受吧,让你爱上德里。"

"发给你飞机上所见,算是游记开场白吧。请指教。"

"第一读者谢大作家。"

"白天阳光太炫目,此时只有月亮。"我走上正题,"异乡歧途,何去何从?"

"愚者不知难,亦不知无难。"苏霏仿佛早就知道我会发问,来了个以虚挪实。

"您老催眠有术，我睡了。"

"脱衣吧，旅馆的水既香又性感，高枕无忧。"

我关上电脑，套上漂亮的丝绸拖鞋，在房间里走来走去。仔细一看，床罩的流苏，像鱼鳞似的闪亮刺银。苏霏谈玄，可能原是准备告诉我一些事，突然改变主意了，不接我的茬，不想告诉我任何情况。想是她知道今夜说之无益：这个苏霏从来就是绝顶聪明的人物，一点即透。

好吧，忘了那个鬼阿难，说不定他根本不在这里。

正中下怀，那么我就会很轻松，好好看看这国家，尽兴玩。沿着与佛陀有关的圣地走，先到鹿野苑，再到舍卫城和尼泊尔的蓝毗尼园，最后沿拘尸那罗到那烂陀大学，看完后到加尔各答，然后打道回府，这一路火车都通，整个旅程或许可以花上十五天或十七天。还有亚格达虽然不是佛教圣地，但有泰姬陵名胜，顺道而来，不去对美人不恭。这样不愁写不了一本异国情调的游记，就可交差。

我打了个哈欠，脱掉已经有汗味的衣服，推开浴室，吓了一跳：浴室几乎有一个双人房间大，浴盆也大，周围三面全是亮晃晃的镜子，灯光柔和妩媚，好像我在一个展览大厅里洗澡，我瞪着眼睛看自己赤裸的身体，不好意思起来。

放好水，我钻进水中。水真的淡香，非常清新，和一般旅馆喷的香水味不一样。我心里纳闷，不明白苏霏怎么知道这里水香？第三世界的五星旅馆，价格虽不菲，服务毕竟更值。

我微微仰起脸，身体在水里舒服地漂了一下，活像一个被拉下水的腐败分子。

第二章

醒来天已亮,我掏出枕下的手表一看,才清晨五点。我清楚地记得夜里的梦,近段时间夜夜重温:一幢旧房子,大木门外带斜坡的空地,夜静如纸。穿黑衣的守灵人,看不清是男是女,在一个棺木旁边跪着。守灵人背对我,铁皮壳的煤油灯,还有几盏菜油灯,燃着灯芯,光点点如豆,风吹得一摇一摆。没有哭声,也不说话,但我感到和守灵人共分悲情,我在这人身后跪下,再三伏地揖拜。一旁的白花在凋零,像纸钱一样飘落,随着风声聚集到我的脚下。

那棺木里的人肯定和我有关系,而且关系不同一般。

我的母亲七十六岁,一直多病,但还顽强地活着。我父亲两年前老而寿终,骨灰一直放在家里,在2000年8月骨灰才安葬在山城莲花山,也就是五个月前,那个天光晦暗之日,细雨纷纷,山上云雾缭绕,松竹茂盛。

我和姐姐哥哥们一长排恭立在父亲的新墓前。做法事的老先生,让我们转过身,掀起后衣角接他远远扔来的米粒。说是接得多的,祖先在天格外保佑,财源滚滚。结果我接得最多,三亲四戚轰然祝贺我,要我好好保存。

我回家却把所有接到的米,放在水里淘了淘,美美地做了一顿粥,让父亲的灵魂多溶一些在我的血里。

而五个月后,今天,2001年1月18日清晨,我独自一人浮出睡眠,躺在床上,感觉到德里在帝国旅馆窗帘后展开的曙色。

我不敢睁开眼,怕那残留的梦痕会一扫而光。如果棺木里是父亲,想通过这个梦,传递给我不让别人知道的信息,岂非又让他失望了。父亲眼睛有病,在我生下后,就不能在行驶长江的船上继续做水手,在我长成一个少女后,双目完全失明。盲人和我所不知的世界相通,他的感觉特殊,胜过常人。

不在人世的父亲,看见在德里的我,知道我陷入迷津,他会请善人给我帮助,他甚至会不惜跨过生死之界,伸手给我。

我要去的世界在旅馆之外,附近几条街很干净,绿树成荫,玻璃墙面的摩天大楼互相辉映堂皇,与全世界有面子的大城市一模一样,现代化被擦得锃亮地展出。

往北走,到康诺特圆环,才杂乱起来,印度起来。到德里老城区,旧德里,方觉得来到一个有自己历史的地方:一股强悍的生命之气,磅礴而来。这个十七世纪的古都,残存的赭色城门、窄小灰暗的巷道,稍不经意就能引出古色盎然的寺庙建筑。七八种花有序地放在大竹箕上,新鲜晶莹。各种颜色的辣椒香料摊,香味浓得眼睛睁不开。

我最喜欢那些神秘的瓶子、黄铜器皿、长柄汤匙,驻足观望每一种新鲜色彩,女人艳丽的纱丽,从头到脚闪光的银饰,我手痒痒的,想去摸一下,沾一下那溢出的快乐。蓝得透明的天,把心气掀得大大的,装得下任何生猛的色彩。

看来是旅游旺季,一街外国人、外省人,满是走路左望右望的人,披着棉布或丝绸的小商小贩,面含微笑,手拿着玻璃石头银器的项链,追着游人,劝人买这买那。

"不买。"

"没问题,拜拜。"他高高兴兴走开,追下一个。

印度口音英语听起来像含了枚橄榄舍不得吐掉。这地方,有一个大好处:我生平第一次不必为自己乱七八糟的破英文脸红,而且到处可用,不必再学几句必要的当地语。

我回到旅馆吃中饭,心里却七上八下,越来越不踏实:苏霏花这么大力气,就是让我写这种鸡毛蒜皮的观光记?一整街的红红绿绿,浓烈刺鼻的香气怪味,这个快快乐乐"没问题"民族的问题,我有什么能力理解?

突然我想起苏霏的话,那假装禅机的句子,"愚者不知难,亦不知无难"。也许这话头大有讲究。我没来得及填肚子,就在电脑前坐下写电子信,也学她的玄秘腔调:

"索非索,欲索何索?"

这时房间里电话铃响了，吓我一跳，我走过去拿起电话，听到苏霏的笑声。

"摊底牌吧，要我做什么？"我直奔靶心，想抓个巧准。

"你认为我想什么？"她反问。

"你说过是找阿难。我当然不会相信。"

"你如我想的一样聪明。"

"好吧。到底要我做什么？"

"就是找阿难。"

"我的老天，是真的！"

"当然说一不二，我是阿难迷。"苏霏说。

"阿难到了印度？怎么可能！难道他真认为自己是佛陀第九弟子？我只听说他在泰国的寺庙和妓院间出没。"

"我请你帮我在印度找。全世界知道阿难事情之多，你我数一数二。"

或许真是如此。我到香港，苏霏到北京，她都忍不住要好好招待我，请我吃饭，目的却是谈阿难。我成了馋嘴的牺牲品，我不由得对自己冷笑了。

"印度人口已经快到十亿。你要我这个外国人在这儿找一个人，我去找就是。要能找到，岂非天方夜谭？"

"还没有找，你怎么肯定找不到？去找，就能找到。"她语气竟然有点生气，"一有眉目，请给我打电话。"

我想想，摇摇头，这个苏霏肯定疯了！最先，她没有直接说让我去追着采访阿难,我以为是个幌子:她只是让我随意写印度,给她的星云网来个时髦新招。现在却翻了过来,写作成了幌子。目的全变了,我是来给大款苏霏当差!她雇我做私家侦探,用作家旅行的名义,找她想找的人。

"我们说好不打电话的。"我也严肃起来,"我们是做'文学旅游现场跟踪采访录'。"

苏霏有点不好意思了:"你正好住进我订的旅馆,顺便通个电话。今后就不会有这机会。"

我被堵得说不出话。

她口气一软,甜甜地问:"怎么,坏东西,你不愿意听见我的声音?"

我重新上街,这次包了辆出租,新城旧城都瞧瞧。五六条街下来,印象完全不同了。街道之脏,实在无法恭维,臭气熏人,屎尿、带血污的月经纸就扔在大街墙边,商店、餐馆卫生条件也不好,墙纸和桌椅油腻黑污。出租车司机载上我这个外国人,故意绕着城跑。我明白过来,就付钱下了车。

我有点口渴,走到一小店门前。店主说,小姐喝水,买封死的听装,比瓶装贵一点,但确保是原装;瓶装的说不定是重新灌的。我要了一听可乐,店主收了我双倍的钱。我指指他墙上的标价,他不太好意思地笑笑。

小偷可能穿行在人群之中,就在我左右。我将随身小包拉链朝前。

小巷子涌出臭气，小孩一丝不挂在垃圾堆里打滚，也不怕凉风感冒。乞丐裸身只裹了一块脏脏的布条，赤脚跪在路边求讨，有人干脆睡在路上，可能已经病得奄奄一息，走过的人视而不见。

我渐渐丢开了异乡人免不了的不安全感。这里少不了欺生宰客，但是老百姓，连骗人也少了一股歹毒劲，只骗到一定程度，不会欲壑难填。

这天星期四，而我感觉已经在此地经历了许多个星期四。

凡我经过的地方，眼睛扫到的人，都没有我的目标阿难。

我边走边在心里骂苏霏，派我找阿难，疯子才想得出的计划！当代文化的神经质，赛过中世纪疯魔的喊魂狂！一旦大众的罗密欧跑了，天下朱丽叶都大把吃错药。怎么想得出来阿难会在印度？就因为这个唱歌的人心血来潮捡了个佛经中的名字！看来，这个艺术界名记苏霏，对吃艺术这碗饭的人还是没有完全看透。

不过，对疯子，安抚安抚是应该的。

苏霏并没有线索给我，我找过了，就好向这个姑奶奶交代。如果苏霏真是要采访，见不到阿难也一样可以采访，我写了半辈子小说，编这点故事的能力绰绰有余。我的笔障，不是因为写不出故事，而是写出的故事没意思。任务一旦明确，有人专门要这个故事，就好办。在"文化大革命"中长大的中国人，办一点含混事，说几句双关话，是小学里就被教会的看家本领。

于是我坦然做起逍遥观光客，沿街边骑楼赏心悦目起来。

一家家小店，不管是油纸、蜡染布，还是骨雕、木雕、印度教的神像，色彩狂妄地大红大艳。神像个个凶悍，个个怒目瞪视，最扎眼的是一个雪山前的印度神，坐在莲花上。我多看了几眼，感觉身体在下坠，怕被施魔念咒，赶紧低眉顺眼。有个扎白头巾的吹笛人，跟着我走，眼睛瞟着我。他吹的曲子像有妖术，我转过身来跟着他走。

就在这时，我看到工艺小店一旁的墙上有个尺方大暗红色招贴，立即回过神来，停下脚步。一个头像占了广告画的百分之八十五，模样很熟，眼睛有些凹，长鼻梁，嘴唇紧抿，神情略带点轻蔑。说实话，不太能看得清楚。因为招贴上粘了大小不一的纸片，一些出租房子、医怪病的广告。我走上前去，尽量撕掉一些，再看那招贴，倒吸一口凉气。

可不就是阿难吗？

不可能，怎么会呢？这好像预做广告的凶案。

我再仔细看招贴上面的时间，一排猩红的阿拉伯数字，已过去一个半月了。

我见到过阿难的照片，那是十多年前的事，他的面相在中国人中很突出，在印度却像生在许多人脸上。

我在招贴前犹豫了半天。招贴上面有几个印地文，像槟榔的黑芯加芒果色的框，这种天书的拼法，我在北京临行时恶补了一小时，现在只好拼命回忆。最后，我看出来了，招贴上写着Ananda的音乐会：是Ananda，不是汉语拼音A Nan。

不过阿难这名字既然取自佛经，如果他来印度，当然会用梵文"原名"。

就这么点线索。

阿难突然凌虚显身,让我手心额头发凉。这么说,苏霏并非完全捕风捉影,她尖刻的话"去找,就能找到",也不完全是大小姐耍弄下人的脾气。我脑子开始糊涂起来。

我很想将这张过期音乐会广告撕下来,可是不敢造次。在中国自然而然的事,在这里倒要三思。图上的阿难并不像在妓院鬼混的人,头发留得极短,短到不能再短的程度,的确像在寺庙里长住参禅过,眼睛清亮,一般人没有这么一双眼睛。看着他棱角分明的嘴唇,我心里骂了一句,不得不承认他很性感。

我曾经对他的许多事感兴趣,他该是四十八九的人,如果真是1950年出生,就该五十一岁。可是这张广告上的男子看上去只有三十七八,最多只有四十的样子。

女人不同,天天在变。比如我,实岁三十八,虚岁三十九,再也见不到我十八九岁时的眼睛。那时有担忧和恐惧,眼光却是一尘不染。现在我的心已经不可能清亮。干我们这一行的,对任何人、任何事,都要警惕。要处处设防,眼睛就得罩上防护套,不让人猜出我的心思。

我转回身再看照片,觉得不可能是他:经过这么多岁月玷污,阿难的眼睛,绝对不会依然如此清亮。

我记得不错的话,他在北京上小学、中学,在云南当过支边青年,1977年高考恢复考上中央音乐学院,后以生病为由退学。原来应当有个本名,总不至于从小就叫阿难。我听说过他的真名,过耳之风,一时忘了。

二十世纪七十年代末他参加北京的一些地下音乐会演唱，仅在朋友圈内。八十年代初他组建了自己的乐队"自我学习"，在小餐馆、小旅馆及俱乐部中演出。当时他的乐队中有一名西班牙青年打贝斯，还有一个学中文的德国帅哥担任吉他手。那阵子我对北京一些乐队的此种恶习很不以为然，认为是拿几个西洋流浪艺人卖野人头，所以一开始我挺讨厌阿难，后来才注意听。

我有他昔日的两盒音乐磁带：《长河不落日》和《烟花雨印象》。这两盘带子如此风格异样，我弄不明白怎会是同一个歌手推出的。

《长河不落日》是典型的西方摇滚。那时大家都摇滚，而且都重金属。可是他的乐队摇滚就是比别人地道，乍一听，还真听不出是东方人做的，彻彻底底的西方刺激。在当时，"自我学习"与"唐朝""眼镜蛇""ADD"号称中国摇滚四大乐队，我觉得只有"自我学习"可以乱真。

苏霏认识阿难时，才八十年代初，那时像阿难这种人还人人侧目，认为是社会祸害，地下音乐圈子尚未形成气候，阿难的大名尚无声无息。

苏霏是第一个采访他的香港记者，写文章评论，说他"气质反叛，个性突出，有自己的理念和乐感"。苏霏尤其击节称道他的歌词敢于展开敏感话题，比如自由与性。那篇著名的乐评，结合当时听来太挑战的词句："经历过世代劫难的中国人，你们害怕听到心中的回音！"

读到这篇文字的国内人，觉得荒于其唐，过甚其词，著文批驳，随手嘲弄的不在少数。但是阿难的名声就由此而起，苏霏的奇评成了定评。

八十年代中期我就收集过阿难的音乐，原带录制的质量本就不好，翻录后质量就更没有法说，剩下无边雷鸣。他的重金属过于扎实，听得我心焦气躁。只是人人都说胆大，我不听就跟不上时髦话题。

不过我一直没有发烧到赶去听他的演唱会。好几次下决心去体验一下究竟如何实地遭雷击，结果每次有事都放弃了，也许我这种诚意的听众反而怯场。

等到我真正迷上阿难，他的音乐会却开始多灾多难，经常突然临时取消。所以我一直没有见到过他，甚至无台下遥望之缘。

1986年前后，空气比较紧张。早早听说了阿难已经解散"自我学习"，潜心苦练，两年后东山再起，从南方五城开始新一轮演唱会，即将移师北上。我托人找票，费了许多人情，也没有弄到。最后还是一个朋友仗义让出一张。

那是个春天傍晚，柳絮与沙尘暴纠缠不清，我披了条纱巾，赶往北京体育馆。我正点到的，体育馆里却早已人山人海，无法到自己的前排座位，只好和所有准时来的人一样站在座位后面。我没有带望远镜，只是远远看到阿难长发披肩，手抱吉他，静静地坐在那里，一束光打在他身上。伴奏乐队更在半暗中，几乎不见人。他不穿当时歌手流行的绿军服，而是与普通大学生一样装束，牛仔裤、白衬衣，套件薄绒线衣，不修边幅地挽着袖子。

他先说了几句话，声音相当低沉，笑容有点腼腆，说的什么，我却听不清。当时的观众一说摇滚，情绪就像汽油点火。灯光骤亮，乐器爆响，全场山呼海啸潮涌起来，第一首歌几乎埋在呼喊之中。还没有唱第二支歌，就有女孩子拥上台去献鲜花，送手绢、抛飞吻，用手和脚打着拍子，有的还站在座位上跳。

哪怕没有听清楚，我也感到奇怪，因为我发现阿难的"重金属"风格差不多全消失，已经转向低吟慢唱。虽然听得出摇滚的底子，却没有煽动的重击和夸大的动作。这满场狂乱的歌迷几乎没有人明白他们面对的是完全不同的音乐。也许观众没有听懂，也不需要听懂，不过是借机起哄而已。

没有唱到几首，警察就冒出来，体育馆门外街上都是警车。突如其来的广播声音不知从哪里发出，说是人太多，空气不好，已有人晕倒，为了安全起见，请观众服从指挥，秩序井然地离开。

观众不肯，但台上麦克风叽嘎一声就此不响了，当然没法演出，观众被警察引导着离开。台上阿难及乐队已经在心平气和地收拾乐器，警察不让任何人靠近。说是为了阿难的安全，这倒也不假。观众聚集在体育馆外马路上，等着阿难。天下起雨，观众还是等着，不知为什么没有等到。我原想有个借演出后采访的名义认识阿难，本来希望就不大，现在当然作罢。

那是我第一次看阿难的演出，也是唯一一次，此后，他就从中国摇滚迷的视野里消失。

就是在那个时候，我转录到阿难的第二盘带子《烟花雨印象》，真的如我在他的音乐会上听出来的：爆发的火山坠入了海底，看得见的是一片澄碧的幽蓝，深海不波，岩浆的帷幔沉下包裹洪荒的力度。"学习"得真不错，"自我"也出来了。如果说东方人可以有自己的摇滚，我认为阿难走出了一条路子。沿着这条路，阿难甚至可以给西方人一点新的启示。

但是，他就在这个时候中止了歌手生涯。就像那天的音乐会，没有几个人能理解中国摇滚史上的阿难。

苏霏在1995年秋天认识我时，证实了阿难的确自那以后没有在国内公开演出过，只有几次在朋友开的酒吧和饭店演唱客串。国内听众只知道重金属乐队"自我学习"的主唱歌手阿难消失，他们并不奇怪，因为"唐朝""黑豹"里的人物也一个个消失。人们已经习惯：歌手不蒸发，让谁蒸发？

只是，我实在不明白：十来年，他一直拒绝重返一度享有盛誉、歌迷如云的中国艺坛，竟在这个莫名其妙的德里唱起来了？

这不可能是他！

我背对广告走了几步，活动一下，看看四周，席地而坐的年轻妇女在嚼槟榔，互相笑骂。靠着邮筒睡觉的人，居然大声打着呼噜。对面路上，出现了一个少年吹笛人，他的眼睛黑又亮，头发鬈曲，他吹出的曲子非常哀伤，让人落泪。

怎么和阿难的歌有些接近？

好像一切都在提示这个人的确存在。莫非我也得像苏霏一样疯狂不成？

工艺小店门前，经过的人大都是游客。我找了个不像游客的本地人询问音乐会的事，第一个人回答不了，却去拉来第二个，不久就是一堆人，个个都热心，个个都尽心尽力，不说清楚绝不离开。英文夹着不知道是印地语还是什么语，而且互相激烈争论。我也不知道为什么他们对我那么热心，就耐心地听吵吵闹闹，最后他们总算在一个问题上取得一致意见：广告上写的演出地点在某某地方。

我抄写在本子上，大家都点头证实不错，还帮我招了电动三轮车。

没一会儿，司机把我带到演出地点。大门虚掩，我推门进去，左右一望，竟然无人。大厅的过道一直通向内门，一排排空椅。舞台奇大，很像个舞场，装饰巾巾片片的，色彩俗气，图案太风格化，看着累得花哨。

"有人吗？"我连叫两声。

有一微胖的小胡子出来，穿着二排扣的白礼服。"小姐，晚上七点才开张，此刻是整理时间。"

我说："请问老板在哪里？"

他说他就是。

我讲了有个中国音乐家在这儿演出过，两个月前了。"他叫Ananda。知道他在哪里吗？"

"是有这么一个人，但不知道是不是你要打听的那个？"老板说话犹犹豫豫，摸了一下小胡子。

我描绘了阿难的年龄和长相。

老板的声音肯定一些了："好像有过。"

"唱得怎么样？"我好奇地问。

"唱的是英文，他的歌我们不懂。只演了一晚。那人差点跟乐队吵起来。两边合不上，乐队是临时拉起来的班子，他说印度乐师应当跟得上他的节拍，实际上相差太远。嘘声太多，很失败。不明白那人怎么要来演唱，他是你什么人？"

我不说话，阿难的失败，不管出于什么原因，我都不乐意听。

"是你情人吧，小伙子很俏呀。"

老板拿我消遣，我赶快抓住这个理由："就是就是，我要找到他。请你回忆一下，这个中国歌星住什么旅馆，之后去什么地方演出？"

老板也认真了，严肃地说："这个我可不知道。"

"请千万帮忙。"

"你刚才说是中国人？哦，不对，他像个乌兹别克人或哈萨克人，总之不会是中国人；我们这儿从来没有中国人演唱，听众也从来没有中国人，你这样的旅客一年也来不了几个。"他话锋一转，"所以你是我们今夜的贵客。快到时间了，留下来看演出好吗？"

我看看手表，才五点半，离七点开张早着呢，他怎么会说快到时间了？

见我看表，老板笑笑："你才到德里吧，过两天你就不会看手表。表没有用。你瞧，我们都不戴表，因为我们心里有个表。"他诡秘地眨了眨眼。

他这么一说，我决定留下来看看：阿难十五年后复出的地方，尽是些什么样的表演。

离演出还有一个半小时,我打算到外面走走,吃点东西。一出大门就迷路了,照着地图走,没用,仿佛德里所有的街道在这一刹那变得一模一样。我没有办法,靠着邮筒,眼帘合上,睡意袭来。

我使劲掐手指尖,过了好几秒,才感觉到痛,努力睁开眼睛:有白衣人用板车推着一个有许多抽屉的雕花书桌,桌面还可以折叠起来。

我跟上,和白衣人对视两秒,点点头,他目光往上,我跟着这目光,看到蓝花花的天,有一条奇长的白线挂在空中,是飞机驶过吗?因为没有风,才久久留在那儿,划过了整个天空。从来没看见那么长的线,从地那端迈向地另一头。

再低头,奇怪得很,书桌和白衣人不见了。周围都是比我皮肤深黑的人,一个包头、穿着裙子的耍蛇人把一条花花绿绿的蛇伸到我跟前。

我看四周,左边是甘地博物馆,街名也恢复了。太阳落入地平线,远处的红堡,映着霞光,很美。甘地火化时太阳很久才落入地平线,他的骨灰撒在河里。不少外国作家把他骂得很惨,认为他阻止了印度现代化进程。我不了解印度,恐怕在这儿住上几年也没法了解。

我突然想起来,第一个对我提起印度的人,是我的父亲。父亲当时与我一起坐在长江边上,他说到印度,一脸肃穆。他在老家被抽当壮丁,后来弄错了籍贯,编入另一支部队,他原来所属的部队南下云南缅甸,战败后余部去了印度。可以说他与死亡和印度擦肩而过,不过从此他也失去了籍贯。

我穿过马路,看见一个面孔像父亲的老人,不过他黑一些,鼻子高一些,年轻一些,衣服却一样旧灰。他与父亲一样看上去贫穷而善良。我从来没有像现在这么想念父亲。父亲做的泡菜极香,他戴着斗笠,蹲在天井里掏堵住水洞眼,手上沾满污水。我是个小女孩,站在屋檐下,他转过头来,朝我露出笑容。

我七点一刻到歌厅,晚了,却正好演出开始。灯光打得巧妙,是一台正宗当代印度流行歌舞,歌手马马虎虎,后面一排舞女一律露肚脐,纱丽很透明,乳房如丰收的果实沉甸甸,手臂一抬,手指一勾一让,腰一动,眼光一闪一转,性感得令人想入非非,脚趾实实在在地曲曲折折,更让我大开眼界——印度人真把女人身体琢磨透了!

听不懂唱的什么,那调子似乎永远不变:所有的印度歌曲,全一样,我已经听了两天满街放的音乐,觉得印度人几千年编不出一首新歌。或许他们听中国歌,也有同感。难怪阿难的歌,他们听不出好处。

领舞的女演员,一身黄绸,头发插满鲜花,她动胯动得我神经发软,飞眼飞得我害怕一下弄丢了她,脖子一动眼神一扫最抓我魂,鼻环和肚脐银环一起亮一起闪。像天神谪降人间,既有仙界的缥缈凌虚,也有世俗女子的绵绵欲情。

有条蛇缠在她身上,一会儿蛇在地上盘旋而上,与她对舞。一刹那,舞台上只有她和蛇,她唱,唱得蛇愤怒,唱得蛇快乐,最后竟掩面羞愧而去。

台上出现了男演员,个个英俊,健壮如牛,五官轮廓如雕像,有的头发还鬈曲,挑选过似的,比街上的印度男人干净利落。

我不是一个种族主义者，或许非要我选择一个人在一起，其他民族，只要钟情就行。单单没有想象过和一个印度人过日子，再漂亮也不会。或许我不知道的原因，就是潜意识中最深层的原因，可能潜意识中，中国人最瞧不起印度人，印度人也最瞧不起中国人。

正在胡思乱想时，中场休息，我站起来。

照例女厕所门口要排队。前面一个印度姑娘朝我微笑，我也朝她点点头。她双手合十，有礼貌地问：

"你从中国来？"

"是啊。"

"北京？"

"是从北京来。"

她样子很友善，又问我第一次或第二次来这舞场，喜欢吗？以前来过印度没有？她牛仔短裤，紧身T恤，乳房丰满圆鼓，腰细腿长，晃眼一瞧以为她是印度到处可见的塑像女神，穿着与晚上打扮了去听音乐的中国姑娘一样讲究，只是更漂亮一些，还有两个酒窝。

我一一回答她时，脑子一转，立马决定问她知不知道Ananda？

"我是他的崇拜者。"她眼也没眨一下就回答。

得来真是意外，我"啊"的一声。

她笑了，反问我："那你呢？"

"你说呢？"

她哈哈大笑。一分钟不到，我们变得很亲热，她拉着我的手到洗手间一边，神秘地关上门，然后从小黑皮包里拿出一张折叠好的纸，打开——是一张头像,和我在街上见过的广告一模一样,不过尺寸小如卡片,像是用剪刀剪过。"你看这就是阿难,你看这是他的签名。"

看不清楚,签名很草,用的是墨水笔。我把图片拿到洗手台的镜子前,仔细一看:我万万没有想到的是,签的中文。再草也辨认得出来,的确是"阿难"二字。没有任何可怀疑的余地:阿难就是Ananda。

我得意极了:我的一丁点佛教知识还真派了用场,铁证得来毫不费工夫。

第三章

印度姑娘说,她上次回德里看父母,遇上了阿难的演出,这个容纳五六百观众的地方,一个半月前的那个晚上起码有上千人,很多人买不到票就在外边听广播。

"这么说,他很受欢迎?"我吃惊地问。

"那还用说,他人还未到,人们就知道他,他唱的是佛陀的声音,我们听得懂。"

她说她是一个护士,在加尔各答德济贫医院工作,那医院属于特蕾莎修女创立的仁爱传道会。邀请阿难的艺术节,也是由仁爱传道会组织的,来自日本、土耳其、爱尔兰和中国香港的音乐家义演,她错过了加尔各答的演出,却赶上了在德里的这次。

她说阿难在加尔各答总穿一身黑,容颜冰冷而神秘,声调低迷,用一种刻骨铭心的平和声调在问:你的心到底失去了什么?在德里阿难却是一身白,神情温柔而纯洁,像天使,说话时的自然,几乎不是演唱,而是心贴着呢喃自语:我的眼睛告诉你,这就是爱。

一首歌未听完,她就哭了。

仿佛苏霏在朗读他的歌词:"我的眼睛告诉你,这就是爱。生不如死,如果没有你,我的心也就燃烧不起来。"

我一眨眼,回过神来,听这个脸上有酒窝的姑娘说:

"我那天请求音响控制的乐师录了一盘带子。"

"方便时能借我听吗?"我今天运气实在好,连我自己都不由得喝彩。那么,何妨再往前推一下试试看。

"你是有神看护的人。巧了,带子就在我的随身听里。"她说着话,便从包里拿出小录音机,取出一盒磁带给我,"你可以仔细听听,现场录的,效果不理想,已经很不错了。"她似乎有点抱歉地说。

而我,已经觉得自己是世界上最幸运的人。在德里,在这么一个晚上,听到一个异国女子说阿难的歌,真感到一阵眩晕,好久了,也没有这感觉。我急切地握住她的手:"那你知道他现在在哪里演出?我在找他。"

"你是他朋友?"

我点点头。

这有点勉强,但也不是撒谎,苏霏的朋友,也就是我的朋友。多年来苏霏因此一直嘲笑我,她曾经好几次说有机会介绍我认识阿难,而我只是笑笑,没有表现激动。她说我的心理动机只有两个可能:一是我太骄傲,二是心怀鬼胎。我不知道她说得对不对,我想认识阿难,但又不想认识他:不想通过一般的方式认识。现在想来也太奇怪了,也许我一直等着到异国来找他。

或在这样的情况下我才肯与他认识——帮苏霏的忙。我得有借口，苏霏将这借口递给我。她这次甚至用尽诡计，硬是逼着我做她雇的私家侦探，她为什么自己不能来？传媒老板毕竟与我们这样的文人不一样。这么一想，我找到阿难线索的兴奋，渐渐转为平静。

"可惜阿难在德里是唯一的一次演出，他该回去了。"那姑娘若有所思地说。

"回哪儿去？不会吧。"我紧抓住这个希望不放，甚至想诱导出一个结果，"我听好多人说，他还在印度。"

她想想，然后说："可能你是对的，也许他会去天堂之门，哦，就是婆罗尼斯。"她话头一转，"既然你是他的朋友，你若到加尔各答来，一定要到我家里做客。真心欢迎你住在我家里，你是阿难的朋友，就是我珍贵的客人。"她说着就掏出笔直接在我手上写家里电话。

卫生间里听得见下半场表演开始了，我们才出来，各自坐到自己的座位上。

我无法再看下去，不到演出结束，我就赶紧回到帝国旅馆。电梯徐徐载我到五层，急急地穿行在过道，脚急促地踩在宝蓝色的花鸟手织地毯上。

进房间后我来不及洗手，就把印度姑娘的磁带放进录音机。

"在清水中推脉，看一朵桃花盛开；在瓦器上歇足，雪水徐徐流向千山外。"

这是阿难,不错,依然是那浑厚低沉的嗓音,但唱法与摇滚完全不同,是一种带有南方风格的念板,几乎有点像佛教音乐,格调舒缓,曲调若有似无。与崔健激越的北方腔正成对比,阿难真正走出了模仿。如果允许我乱作比附,我愿意说他是东方的列奥纳德·科恩。

风格转向后的阿难,可惜,如一切大艺术家,不再有轰动的狂迷追逐。有三首歌直接用英文,似乎没有外国人口音。听得出来是他自己作曲,词恐怕也是他自己写的,深藏不露,诗性太重,不太像歌词。

我把带子翻转重听,恍然间,想起一路上看到的山丛,那些发光的石子,生锈的铜铃,摇动的竹帘,比滑雪还神速,我坠入那厚厚的雪谷中。寺院的喇叭和梵呗远远传来,大地沉寂,冰雪刺眼,马群走上无人山。

我想起来好多逝去的往事和逝去的人,那多年未曾有的幽冷之火又在我小腹点起:我双手伸出来,脚尖微微踮起,闭上眼睛,身体随意倾斜,舌头轻轻挨上牙,吸一口气,自信地发出声音。

踏上夜行火车,我不会心惊

通向地狱之路,黑暗幽冥

我不会在乎,因为夜尚年轻

那年代,那些与我一起欣赏过真正阿难音乐的人,那真正跨向成熟的壮美,如协和飞机一样宏伟优雅,令我怀念不已。那时我青春焕发,风吹过头发,都会带着一股清新的芳香。那时每天参加这个聚会那个聚会，搭上汽车或爬上火车，无限河山都在我孤独的路上。那时一天只睡四五个小时，在任何环境都可以写作，每天要写几千字。

我一向拒绝承认作家会受外界环境影响，这不是真实情况，至少我必须坦白有几个自认为不是太差的小说，是受阿难的音乐影响。同行们喜欢玩文字，拐弯抹角，在迷宫里转圈。阿难的音乐算得上我艰难的写作生涯里难得的灵感，无形中给我铺了一条结实的轨道。

很多年他没有新的录音，我听得少了，可是隔一段时间总要翻出他的旧带子来。尤其在清晨醒来和晚上临睡时，万籁俱寂，他的歌声，如亲人坐在身边娓娓道来。多少年了，感觉依然浓烈。

记得写一个中篇，每天用小录音机听他的同一支歌，没有换过。以前哪怕算写得顺时，每隔几千字就会卡住，可是写这个中篇，我一路如水银倾泻，爽然直下：小城人满为患，产下婴儿顺河漂流，大都活不过三块石一地，活过的却视为上天的孩子。

这个中篇叫《鹤止步》。

听什么类型的音乐，跟我追求的小说气氛有关。要来点瓦格纳式的宏大，就听《帕西法尔》；想熏染一点拉赫马尼诺夫的优雅，就听《帕格尼尼十八变奏》；如果要写出我自己，我生命中最珍贵的忧郁，就听阿难的歌。

直到有一天我在阿难的歌声中重读这篇小说，健康婴儿已死绝，男女性交皆生怪胎，人们恐慌莫名。一个有霜的拂晓，春水已经淹到门外，城里所有的河流挤满船，他们开始逃离故乡。有一个中年男子的大衣挂破，在冷风中伫立，水漫过他的鞋子，膝盖，大腿，水盖住他的身体,他一点也不闪避,直到水淹没头顶。

这人因为同性恋被判过十年徒刑。出狱后故人已"改邪归正"结婚生子。

那凝重的几万方块字,有朝阳的静谧沉着,同时让我害怕。

从此以后,我不再和人谈论阿难的音乐,很少介绍给朋友和同行,当别人提及,我只表示听过这人音乐而已。我也不敢照《鹤止步》的路子写小说,冥冥中感到,阿难式的平和,实际上非常危险。

遇到苏霏之后,我才能心静地说阿难。这完全是由于苏霏谈起阿难,像个女祭司呼神,比我更虔诚,使我脱了魅。

这个很例外的女祭司,衣服永远有茉莉幽幽的香气。她姓管,原名书剑。在香港,卓然独立的人比较少,可能是因为没有太多框框条条的约束,失去了反叛对象。但是苏霏的颖异无须目的,天然而成。

和苏霏交谈时,我努力找出能点中阿难要害的三言两语,这才发现把音乐感受说清楚,本不是容易的事。

说实话,我还是想从她那里听到一些关于阿难的事,毕竟以前我和他的音乐有那样一段缘,可有时她也在努力找词,似乎语言用来说神是笨拙的工具。

磁带正好到头,阿难的歌声消失。

好吧,我对自己说,亲爱的苏霏,该是我们俩说清楚的时候了。

我打开手提电脑,插上电话线,直接上网,奔约定的聊天室找苏霏。这儿与香港时差两个半小时,她那里应该不到十二点,还不晚,否

则她会骂我。如我预料的,苏霏已经在网上了,有一行字留在那里:

"我在网上漫游,不过在等你。"

我写道:"在哪里鬼混?还不露脸!"

马上跳出字来:"奴婢在此!"她急着问,"找到阿难了?"

"托你的福,他可能真在印度。至少一个半月前,他在此地演出。"

"踩上他的脚印了,你是鹰眼。"

"可惜无人知他现在在何方。"我不等她再发命令,就打出责问,"我是你的侦探吗?"

"就是。身为作家,什么细节都不弄清楚,如何写下来?"

"什么细节?"

"他的口香糖按在哪个女人身上?"

"这点我可能已经弄清。"

"好。你马上写,我这边上头条:《阿难本生》,新闻栏头条。"

"怕你不敢登?"我对这个传媒女王的种种遁词有点不耐烦了,决定直奔主题,"他在德里留下照片,但我不能确认。请传此人近照。"

"你怎知我有他近照?"

"有没有,是你的事。还是让我写个游记了事。"

"让游记见鬼吧!你欠揍。我来设法。"

我明白她真有点恼火了:我不是一件顺从工具,就像我当时强调在印度只用电脑联系一样,拒绝在这儿用手机,就是怕受她日夜指派。带上便携电脑很累赘,但行动自由得多。

洗了澡，我站在镜子前梳头发，头发掉得厉害，梳子的齿间尽是断发。我搽了护肤霜，关灯上床睡觉。翻来覆去睡不着，这一天下来，跑的地方、看到的人，放碟片快进似的在脑子过场，最后定格在阿难身上。

即使他真在印度，要找到他，谈何容易？

这个宗教之土，就像地中海的巴勒斯坦，层层向整个亚洲浸染：北边翻过险峻的喜马拉雅山，山那边的藏族接受了佛教与印度教混合的密宗。向东，越过可亲山、那嘉山和野人山，小乘佛教盛开在一落洼地江水大峡谷和燠热的海岸。反而是西北角，成了外来宗教的进口，历来入侵者也是从这儿进入，马其顿，亚历山大，突厥，蒙古。好像越是山水阻隔，印度精神越容易溢出。

生活在这里的人寿命短，活过六十古来稀。到处是平房，有的一半是草顶，又破又烂，每隔几米就有一堆垃圾，人在垃圾上走。别的地方，人穷志短，在这儿人穷自得，红糖奶茶就跟威士忌和茅台一样滋润肺腑。掉漆断腿的家具，用一根竹棍撑起，晒衣绳间颤动的大乳房，叫嚷不休的牲畜，慢慢煮一锅菜，慵懒闲情，时间永远够。每隔几米就有鲜亮的色彩，每隔几百米就有神的遗迹，随便一望，就有一块染红的石头或一段被供奉的树桩。

在这个国家，我不认识任何人，只认识那个在加尔各答当护士的姑娘。我向苏霏要阿难的照片，故意给她制造难题，好给我自己一些时间。

众所周知,我有个化学教授丈夫,化学反应早从我们的生活中消失,他其实和我并不像夫妻,已经不是夫妻,我们维持着一个平和的家庭。没有我,他生活更精彩;没有他,我也照样活。每每想到这点,我的难过就无法表述。

我对自己说,明白了吧,没有人一定需有另一个人才能活,与其不信,可以参照我的生活。

我只对丈夫说过去印度,几乎没有其他人知道,走得秘密。苏霏没有要求我这么做,可是我一向做事不肯先声张,事后也不宣布。真希望到印度只是旅行,而不是由于其他目的。脑子这么前前后后一转,我心情郁闷起来。

苏霏如果知道,肯定会催促我,你这鬼东西呀,该睡了,好好睡。

可她怎会是一粒剂量足够的安神药?

我一到印度,苏霏就是我行动的轴心和睡眠的克星,她是一条花言巧语的虫子,钻进我的身体,痒得我难受。我和她合成一体,是一个悬在半空的沙袋,如果有利剑刺过来,我们就会漏掉自己。那把雪亮的利剑仿佛在眼前晃闪,我脸上的肌肉因为害怕而本能地抽搐。

认识苏霏,正巧是我与丈夫关系最紧张时,1995年秋天,我们参加在北京举行的世界妇女大会,被安排到青岛一个疗养院做一个专题讨论。十个人,一对一,评论者与作家,或记者与作家,在那里住两天。一人一个房间,临海依山,风景秀丽,海鲜佳肴,真是胜似天堂。我和苏霏分成一组。两天时间过得快,我们谈女性主义,偶尔擦边谈音乐,绝对不谈私事。等到各飞南北，临上飞机时，我开始想念她。

当晚，我接到一个电话，电话铃一响我就知道是苏霏。我说："生活已是完成进行时，你竟想盗来佛手阻止？"

我们的交流和别人不同，知道彼此不可能生对方的气，就不怕让对方生气，所以更加敢倾吐皮里阳秋，话里带刺，甚至百无禁忌。

我记得很清楚那晚苏霏与我的谈话内容。我的生活死水一潭，长期与丈夫分室而居，丈夫住卧室，我住书房，都是卧室书房两用。经常可听见丈夫和另一个女人在一起的声响。我很想推开卧室门，对他大声叫。叫什么，我不知道，我只想对他叫出声来，但我却一直没有办到。

当初他对我说，婚姻需要补充营养，有第三者介入才会长久。我可以有情人，你也可以有情人，但我们俩才是真正的一对，这么做只是为了我们俩更幸福。结果我的路走远，他的步子也收不回来；我刹车了，他不原谅我，他继续找情人，并带回家住。好吧，他继续，我不是容忍，而是理解。他拿掉我的自尊、性欲和激情，我浑然不知。我看上去没有什么变化，依然对他关心专一，但我丧失了创作的想象力和诗意，才知道他对我做了什么。

他心急火燎地去卧室，那个女人早就在那张婚床等着，才穿过我的房间。有时，他停在我的床边，我会转过身去，当没有看见。他掀开被子，我顿时成了一块冰。"不来事，"他下了床，一点不在乎地说，"我永远占有你的灵魂。"

他是对的。

他说，没有人会相信我会同时拥有两个女人，说出来谁会相信？都会认为我不行，而不是你。

每夜我睡觉，总听到隔壁房间传来的各种声响，像喝水的声音，像做菜的声音，像跌跤的声音，像修破风琴的声音，有时简直是老式电梯直冲上而下的声音。很奇怪他们做爱，怎么没有一种音乐声，不必华丽，哪怕一两声和弦也行。如果听见了，我会嫉妒，但是我没有听见，就一直在听，一直心酸地想：他只会拥有一个女人，他拥有一个时必失去另一个。

每天清晨醒来，我发现自己的手握得紧紧的，我在睡眠中也是如此紧张。

我经常找理由到家附近的旅馆去睡觉，方圆十里内的大小旅馆都被我睡过，不带任何生活用具，或悄悄地去，看望朋友似的，或手握一本书，佯装散步。到了旅馆，洗澡，上床，看书，或写两页狗屁小说，熄灯睡觉。不在一个屋檐下，眼不见，心就不烦。可我还是听得见那些熟悉的声响，仍像在隔壁房间，只要一闭上眼睛，还是看到他和她交合在一起。

我只能吃安眠药才能入睡，睡着了我还是梦见他和她，裸身相拥推开我房门，让我去另一间房，她认为我在场，会影响他们的做爱质量。

丈夫的眼睛看着我，等着我同意。我没有说任何话，默默起身，想夜深了，上哪儿能找一个地方睡着。一着急，我在梦里发现自己哭了。

"最好的解决是：我不要醒来。"好多次我都听见自己这么说。

奇怪，我竟然会告诉苏霏，就凭她和我一样对男人不屑一顾，也可能她的某一根神经和我的某一根神经对路子。在这之前，我连母亲都不说,当然母亲也听不明白。

第一次一吐而快,如同快窒息的人突然吸到了一口新鲜空气。

男人喜欢地毯,女人喜欢木地板;男人烧一锅土豆吃,女人切丝切片捣泥吃;女人敏感有洁癖,男人则相反。据说个别男人例外,可就是难找到这例外的男人。

苏霏说,好多年前她和我落入一模一样的境地,所以根本不想结婚。每隔一段时间她总移动房子里的家具,从这个房间搬到那个房间。她一见我,就知道我是寡妇脸,没有男人爱,实际上是长年单身。

苏霏是对的,即使时光滑过六年。我走到镜子前,坐了下来。我身材依旧,该苗条的地方苗条,该丰满的地方丰满,敞开睡衣,脖子和后背线条精致。可是我的脸,即使在柔光下也没有那种被人爱的妩媚和娇艳。过了青春好年华不要紧,只要有人爱,哪怕五十岁,也照样神采照人。

可我才三十九岁不到,离五十岁还有些可数的年头。苏霏就不一样,她皮肤白皙,看人时眼睛盈盈含水,头发颜色虽然略略姜黄,却亮如丝绸。我认识她六年,她的身材依然如当初一样迷人,穿什么都有特殊的格调,走路的姿势高雅而轻盈。在一大群女人中,我可以从背影认出她。她比我大十一岁,看起来却比我小五岁。

心灵年龄轻,才年轻。

我截下一幅网上现成的泰姬陵风光做现成背景,给苏霏写信:千江有水千江月,万里无云万里天。

我看着电脑屏幕上这行字，让苏霏去猜这种俗套对子吧。她老让我猜谜，我也得让她猜我的谜，哪怕是没有谜底的谜。

既然阿难的踪迹断了，我只有离开德里，随心里的踪迹走。

好旅馆必有好早餐，我知道这点，不过这回才领会透了。一夜苦恼之后，早餐厅的鲜艳色彩让我胃口大开。一个盘子放了黄澄澄的瓜、如珠似玉的莲子、芒果椰肉，另一盘装了香料口味的玛莎拉豆沙，又倒了一杯奶茶，还装了磨成泥的鲜尖辣椒，比家乡的辣椒还辣，辣得我脸红直喘气。

侍者过来，我要了一小杯咖啡。奇怪没有人看早报，即使是西方人，在这儿也变了习惯，不太理会世界上的喧闹纷争，专心致志用餐。喝完咖啡，我站起身。

有人叫："小姐。"

我回过头，不是叫我。

回到房间，我打开电脑查信件，没有苏霏的，她没有传阿难的照片过来，也没有丈夫的信。我开始收拾行李，几套换洗衣服，一个相机，一个手提电脑，化妆品都是些小玩意，统统放在盒子里，梳子在随身小包里，用时方便。

收拾完毕，我坐在沙发靠垫上，不想离开旅馆，等苏霏的信。可是一个上午也没有，也没有她一个电话。我随手翻开一本英文的佛教杂志，读到释迦牟尼一段话：

比丘们啊，我忽然心生一念：当我离家求道之时，那五位伙伴曾经陪伴过我，对我很照顾，不如我先对这五人说法吧！于是比丘们啊！我以超越凡人之智，得知五人正住在婆罗尼斯城鹿野苑的仙人林中，于是比丘们啊！我在乌留频螺村住够了，就开始往婆罗尼斯城的方向行脚前进。

我不由得一笑，历史上第一位佛爷其实很有赤子之心，知道人情的重要。行了，昨晚想离开德里是对的，不必等，心里明白方向就行。我到大厅结账后，提着行李到门口排队等出租车去火车站。

大约十分钟，轮到我上车。侍者关好车门，我听见一个声音在叫："小姐，请停。"

不会是叫我，我没有理会。

但瘦黑的出租车司机停住了，我才往旅馆大门看，的确有人追上来，是总台一女士，交给我一个信封，说："对不起，收到一会儿了，查电脑，正巧你退房。看到你我才追出来，抱歉得很。"

我递给她一点小费，表示谢意。

她执意不要，我只好作罢。

这辆车后面排气管响得厉害，起码有一个车胎得打气了。行人不顾红灯乱穿马路，车子按喇叭刹车。印度的交通事业，轮不上我来操心。

我拆开信封，竟是一张阿难的照片。

传真过来，相当灰暗，但还算看得清：照片上的阿难，留着胡子，一副深思熟虑的样子。不知哪年拍的，背景像是沙滩。

这与我见到过阿难的其他照片都不一样。照片边上有苏霏草草的几行字:

从杂志上找到此照片,迟发望谅。住定后请立即上网或打我手机。匆匆,喜欢你一身咖喱味的苏霏。

她猜出我要走,但不知我会去哪里。她并不在乎我去何处,似乎跟这个出租车司机一样无所谓。她只要我和她联系。

我把传真信装入信封,放回包里。好吧,暂时不想这一团乱麻似的谜,债多不愁,谜多不难,索性不猜就是。

出租车如马车摇摇晃晃到新德里火车站,停在对面观光旅行社门口。

所有的电动三轮车、人力车和出租车都在街这边停,街这边商店都挂着旅行社牌子。出租车司机正在数我付的钞票,我下了车,问,"为什么不停在火车站门口?"

司机理所当然地说:"这里才卖车票,方便你。"他指着街边乱糟糟的店铺。

我一愣:"火车站为什么不卖票?"

"火车站你买不到票,位子绝对没有。你第一次到德里吧?"

我不相信,提了行李就走到对面车站。车站极大,许多干线都在这儿会合。问了一个服务人员,她让我直接上二楼售票处。我顺着"外国观光客订票"标示牌走，电脑售票办公室出现在眼前，旅客分成左右两边排队，左边队伍只接受美元和英镑，右边队伍只收卢比。两边的人差不多，我站在左边队末。

我到头了，才看见墙上的资料介绍，火车分头等、普通等和二等，头等又按条件的优劣分五类。

真是个等级狂的民族！我看得稀里糊涂，直冒肝火。

售票员见我犹豫，问我去哪里？

我说去鹿野苑吧。

他建议我买双层冷气卧铺，说普通等和二等虽价格便宜一半或一半多，可空间小、人多，工作人员更少，还没寝具。

我请他帮助。

他在电脑上敲打，说头等车厢只有双层冷气卧铺还有一个位。

我买了头等双层冷气卧铺。车票到手，一看惊了一跳，离开车只有三分钟，怎么跑都来不及。

售票员笑了，说不用急，时间多着呢，慢慢走过去肯定来得及。

果然，候车室里挤满人，月台上也是旅客。火车站的广播在通知失物招领。车还没有进站，不过也没人着急。过了半小时，去鹿野苑的车才进站。

我上了车，找到自己的车厢，已有两人在里面。我放好行李，坐了下来，我的上铺空着，放着"已订位"的牌子。

等了二十五分钟火车才开动。三节头等车厢满实满载，用上锁的铁门把它们和普通车厢隔开，叫卖小贩无法进入。从车玻璃看到，普通车厢连过道都站满了人,他们吃吃喝喝,有唱有跳,异常热闹。

没一会儿,窗外绿多起来,强烈的阳光下一片接一片的芭蕉、棕榈、芒果和无花果树。粉白粉红的热带花,形态妖艳迷人。列车行驶在平原上,偶尔可瞧见一些山丘,像地平线上的花边。

我拿出那份传真,这才注意到照片上阿难忧郁的神情,他留着一些胡子的脸很瘦削、苍白,嘴唇有点紧张,好像咬着牙。但是那忧郁的神情,像少年维特。不过,他该是浮士德的忧郁。

苏霏怎么搞到这照片?这问题让我好奇。

我从来没有看到过阿难的胡须,我不喜欢这种男子汉气概,玩毛发的男人一般特别浅薄。照片上阿难的胡须,微微有点鬈,像是没时间剃须才留下,这可另当别论。他台上的剧照当然很多,初期胸中万丈豪情的狂放,后有虎豹被囚禁的愤怒,而这张照片没有做作,反而显得焦虑紧张。对了,他穿着T恤衫、短裤,一双赤脚。

不对,这张半身照看不到他的腿,我脑子里怎么出现了他光着脚的样子?照片背景模糊,有点像香港。

对面坐着的旅客,像是两兄弟,戴着同一式样的黑框眼镜,穿着体面。他们正在吃饼、咖喱,还有烤羊肉串的味道,扑鼻而来。饼香引起我的食欲,幸好我不饿,早餐太丰盛。

香港——在她的别墅前?

我笑了。苏霏说照片是从旧杂志上找到的。

有两种可能：一是我胡思乱想，二是苏霏有意瞒着我。怀疑苏霏隐瞒有原因，身为传媒女王不便多说实话。例如她的年龄，她一向说大我六岁，我也相信，从不再打听。有一次我们在一起，她母亲打电话来，她无意重复她母亲的话，我才知道她到底多大。年龄对女性是个秘密，我理解，不想点穿她。

阿难是我旅行特殊的阳性香料，说实话，他的忧郁比他的热情更能吸引我。找到他会有什么样的结果？我可以把给苏霏跑腿变成我自己的事业：这个男人恐怕值得我一生去寻找，恐怕值得我付出任何代价。

到鹿野苑得转车。查地图，发现恒河边的婆罗尼斯，就是转车上鹿野苑的地方。前晚在舞场那个护士姑娘曾经猜测，阿难可能会到那里。她对自己国家各地当然熟悉而敏感。

那么我就先去那儿，嗅嗅猎物的踪迹。

第四章

什么时候,那照片?我问。在你家?

你拍的照片,背景蓝海白浪,天地间只有你们俩。

好想象力!你嫉妒了吧,你总是和别人不一样。

我一惊,发现自己歪着身子靠窗睡着,做了一个梦。对面两兄弟善意地看着我,我脸红了。我一定在梦里争辩,那是一个门帘垂下的房间,苏霏掀开门帘走了进来,她一点也不愤怒,相反很趾高气扬。对我的疑问,她既不否认也不承认。

要知道我很少在火车飞机上睡着,都怪窗外灿烂的阳光,不断变幻景色,使我迷糊,深入睡眠。

不过,我与苏霏争风吃醋?哪怕在梦里,也未免太丢脸。

火车朝南行驶,每一站都有人上来。月台上挤满人,外国游客也多起来。靠近阿格拉,火车就开始停停走走,还没有进阿格拉站月台,火车就停住。广播说,暂时走不了,前方出了事故,旅客可以下车透气。

这里靠近泰姬陵,不得不承认,我是被命运送到这儿。昨晚传给苏霏电子明信片时,心想我不信人世间有真正的爱情,绝对拒绝上这个爱情的华厦,电影里已看得腻歪。狠话说早了点,现在自食其言。生命太神秘,谁能说准下一刻在哪儿。

下车的人并不多,我问车上工作人员:"要等多久?"

"不知道。"

"会有一个钟头吧?"

"不知道,你若要下去,最好抓紧时间。"他看了我一眼,又说,"看来两个钟头里火车走不了。"

留在火车上傻等不值得,既然车站离城堡这么近,今晚可去看望世界第一幸福女人泰姬,看看月亮如何斜落在白大理石上。于是,我拖出行李下了车。

泰姬陵南面出口,整条街全是旅馆、餐馆和商店,热闹非常。入夜,街道灯火通明,一如中国的小吃街。专打便宜国际电话的小店,通宵开着。我的电动三轮车车夫沿路给我介绍,他扎着头巾,留着小胡子,人很老实。从阿格拉堡到泰姬陵1.3公里,他只要我12卢比,其他车夫走来就要33卢比。

"哪家旅馆好一点,有空位?"我担心没有床位,又被人宰,遇到他这样的人赶紧咨询。

"那我带你去一家。"

"最好有浴室。"

"没问题。"他也说这话，全印度人人都说的话。大约十来分钟后，他在拉吉旅店门前停车，跑进去和里面的人说话。不一会儿，他就出来了，对我说："运气不错，有房间，带浴室双人床房间550卢比一夜。"

刚才一路沿南门街过来，晃过几家旅馆，好像这家门面看上去还整齐，或许比别的旅馆贵。贵就贵一点，如果这车夫在这旅馆拿介绍回扣费，也没什么，看人顺眼，心情就不错。出门在外，心情不错最重要。

房间的窗子对着草坪，有几棵高大的相思树。浴室也宽敞。这个车夫是个好心人，不能因为这个国家不够富裕，就把所有的车夫和旅店老板看成骗子。

旅馆服务员介绍附近有家最老牌的餐馆，印式和以色列料理都地道，错过该店的香蕉拉席会悔恨终生。

晚风习习，我按地址找去，粉红色门面，有可口可乐的大广告。

客人不多，一会儿点的菜都上齐。我品尝着拉席，喝着当地的啤酒，时间过得很快。

吃完饭，我拉开餐馆门站到路边。路边煤气灯全都点上了，游客都在餐馆、酒吧和礼物商店逛荡，艺人有吹有唱，舞跳得很巫术。

避开热闹处，眼望满天星星，又大又亮，低到一伸手就可触及。夜晚有些凉，不像白天穿一件厚衬衣就行了。坦白地说，我不想回旅馆，怕和苏霏联系，若她像梦里那样直点命穴，我真不知如何回答。

沿街走走看看，街角一家服装店，花花绿绿很惹眼，似乎比较清静，檀香随风袭来。我推门进去。店里仿金和真银的首饰物品特多，脚链款式皮料的最美，鞋子舒服得可爱。我挑了一套紫色丝缎旁遮比，在身上比试一下，尺寸正好，还选了一双同色平底绣花拖鞋。

付完钱，我提着袋子出店。

空气新鲜如清晨。我避开人群，一会儿就到了泰姬陵。早关门，陵外极空旷，几乎没有什么人。月亮在头顶，据说是夜晚看泰姬陵必要的装饰。这儿没有图片或电影里那么了不起，前人的经验已是证明，亲临一个世界，不如想象一个世界奇妙。就我而言，可能是心境不佳造成的。

从北京飞到德里，然后到泰姬陵，我在这个陌生的国家已是第三个夜晚。我没有给丈夫写一封信，他也没有给我写一封信。

在我的生活中，他不存在，就像我们各有各的朋友圈子一样，当别人对我说起他的事，我都笑着点头，友善地说说他的事，有时还非常贤淑，像个好妻子，事实上我也是个好妻子，只是他不把我当回事。他对那些情人的癖好、特殊日子记得很牢，喜怒都一再揣测，尽量迎合。我不能比较，不然他会立即轻蔑地说，你怎可沦落到和一般女人一样小肚鸡肠，丢自己的脸？他是对的，我应当超凡脱俗些，所以我得做个睁眼瞎。

我和他之间的距离，谁也不真正了解，包括我和他。

像许多个夜晚，我看见他从我房间经过，走向另一间房，那张床垫有红金鱼水草图案，很深很沉的红和黄，从绿绿的草丛中伸展开来。十年婚床睡着另一个女人，她短头发，一张脸总是愤愤不平，经常朝他发脾气，很不快乐的样子。他安慰她，直到她笑为止。我好希望她与我换一个位置，百分之百羡慕她。我穿着睡衣，走到紧掩住的门前痛苦不堪，然后退回自己的房间，然后走出房间，走到大街上去。

空寂的街上，夜里连个鬼也没有。

我走累了，回到家，从里面房间里传出油浇烈火的轰响。我摸着他们的房门，不知道哪里是出路。

他说他绝不会让我当面难堪，但他还是照旧。我还是当什么事都没有发生，不哭不闹，感觉心脏在变化，生出一些小气泡，拼命想飞出我的身体，我呕吐起来，最严重的一次呕出了血。以后每当感觉到那些小气泡时，我就努力转移注意力，想爬雪山，站在悬崖上。

这会儿我闭上眼睛，想他。他比我高，比我聪明，比我能干，比我会平衡。他头发长得飞快，仅这点就比我年轻，真是羡慕他有一头好发。他的头发是我剪的，从认识到现在十几年都是我剪的，好些年都不想剪了，可他喜欢我剪，说我剪的发型有气质。每次剪头发，我都想把他头发剪成一个乱糟糟的鸡窝，那样他会非常难看，可每次都没有那么做。剪刀就在我手中，对我来说，那剪刀也可以让他停止心跳。我神情专注，脸色苍白，甚至冒出虚汗，我的手一想到可能沾上他的血，就不住地哆嗦。我没出息，做不到想做的事。

与他单独在一起，尤其是近一年来，常常相对无言，他看着我的脸瘦下去，我看着他的眼神渐渐涣散空洞。

好了,不必想这种人。苏霏可能已在网上等我了。

我抄近路回到旅馆。房间里居然开了不冷不热的空调。我看看窗外,月光挂满相思树枝丫。

我坐了下来,打开电脑,取下旅馆电话线头插上电脑,输入一串电话号码上网。这时只差五分钟就半夜十二点。

苏霏早已等得不耐烦了,她说今天打电话到德里帝国旅馆,以为我离开时会留话在那里,结果没有,不过知道我走前收到了那份传真。她的手机一直开着,我居然一个电话也没打,她找不到我,像个热铁皮屋顶上的猫那样团团转。上印度网络,看到新闻,印度北部铁路线出了事故,猜想我可能被阻在泰姬陵一带。

我回复她:"我在泰姬陵的南门街上,借一个帝王不朽的爱情,问候尊敬的苏霏女士。"

"以俗人的谦卑,向大作家致敬。"苏霏接上了,"照片见电子信附件。"

一查,的确有附件,苏霏发来的照片,比传真清晰,果然是蓝天绿海,不过整张照片蒙有一层淡淡的红晕。远山和沙滩的分辨率相当高,屏幕上可以放大看细部,比如查看眼睛,查看那T恤。奇怪,和我在火车上梦到的几乎一样,不同的是他身边没有她。

如果我问苏霏谁拍的?我担心她的回答如梦中:"你嫉妒了吧,你总是和别人不一样。"于是,我不说话,等她。

我的沉默果然使她忍不住了:"照片是我拍的,拍了很多,全被他弄走,剩下这张。"真有她的,她也不怕撕开今天早晨的谎言。

"怎么从来没让我看?"

苏霏沉默了几秒钟,才告诉我那是1994年秋天,他们最后一次见面,在香港南丫岛上。最后她用了这十个字:月光醉人,迷魂尚未醒来。

我当然知道南丫岛:挺美的。苏霏在那个岛上有一套别墅,在索罟湾半山腰上,那是她想躲开人时去的地方。去小岛在中环六号码头搭轮渡,在天星码头和港澳码头之间,有轮渡班船。上班时间每隔二十分钟有一班,其他时间每小时一班。老轮渡有三层,以及露天甲板,驶得悠闲缓慢,全程四十分钟,可以快速地看掉一本书。如今有快艇,二十五分钟就到了,不过船舱封闭,有气味和讨厌的马达噪声。

但好些人就是喜欢住在岛上。看海,看海上的夕阳。秋天海最美,海上的夕阳更辉煌。岛上是一个世外桃源,古树怪藤,常有老鹰停在峭崖注视海水。一个个小村子,有些耕作,汽车很少,空气也新鲜,相比香港的繁华喧闹,这儿单纯,真是一种享受。

我知道苏霏和阿难关系密切,当然,没愚蠢到不往男女关系上想。苏霏的世界很大,她认识各种人;各种人都认识她,或者想认识她。我倒是经常拿这男人那女人与她开心,有几次直接提到阿难。她一口堵回,说从来没有这种福气。

她如此否认,我还能不相信?

屏幕上出现一行字:"回忆苦涩,情何以堪!"

她突然想说了,突然招了。我一下子愣住,没反应过来。不过心里很难过，有一股酸苦的滋味。不就是有个不爱我的丈夫，就认为天下男人只剩下阿难一人。何必呢？

"告诉我电话号码吧。下面的事，最好不留文字。"

这鬼女子，又在玩花招，她知道我到印度不带手机是假。不过既然已说好不用手机联络，就不必用，带上手机，只是为了我自己方便。苏霏的时间比这儿的时间早两个半小时，她能够容忍我，说明她心里确有我一个特殊位置。

好吧，看她要对我说什么，于是我将旅馆的电话号码及房间号码打在电脑上。

电话铃响了。

那年那个秋天，天特别蓝，树特别绿，花多果子也甜。阿难在岛上住了整整半年，每天下午在岛上疾走，半身晒得黑炭一样。夜里专门到岛南游泳，那儿人少沙滩大，在高处可眺望港岛的夜景。早晨到渔民那里买刚从海里打来的鱼虾，再去村子里的人家买土里正长着的蔬菜。

日子过得有规律，可他情绪很糟，几乎不愿说话。苏霏尽可能地陪着他，她爱他。他曾有很多女人，以前，没有那么多单独的时间给她，但有时间了，他的心却不在。有棵相思树起码住了一千只不同的蝴蝶，但相思树还是一样的美。他每次经过，就站在树下注视，他注意蝴蝶的时间比注意她多。

可是事情发展越来越糟，即使这岛上就苏霏一个女人，他也不理她。他居然说香港女人讨厌。她痛苦极了，和他谈不下去。只有一次，一个月夜,他们肩并肩在海边散步,她泪水流了出来,脱掉衣服走进海水。她没有想到他也跟了上来,也脱掉衣服。他每天都裸泳,游得快而远,她跟不上,总是游回沙滩躺下等着,等着他从水中走出来,湿淋淋地伏在她身上。

只有这一次她游在他前面,他紧跟着她,一起游到几里之外。月光安抚海水,像一张床一样,压低又抬高。这是个墨蓝静止的夜晚,他们越游越远,感觉不到累,沙滩变成一条线,椰树成为一道道影,岛上点点灯光如萤,香港远远的灯海只是天边一小片暗云。她没有感到危险,只觉得天地格外圆润和谐,他们在水中结合,像一条雌雄同体的鱼。

苏霏的心思突然回到我这儿:"恨我吧,我没有给你讲实话。"

"事出有因。"

"因为你对我很重要。"

她是说,她很在意我对她的感情,就一直瞒着不告诉我。不管我愿意不愿意,我都该原谅她。

"试试吧。其实已七年没有见面。日月两个星球,昼夜两个世界。"

"为什么让我来找他?"

"因为他不会怠慢一个真正理解他的女子。满世界看,我能信任的,肯帮助我的人,只有你了——真是很悲哀的事。"

"难道他会拒绝见你?"

"绝对。"

"我见到又有何用?"

"你见到，我就见到了。"

"你是想让我传什么话？"

"就是我刚才的话。"苏霏说。

我想绝对不是这么简单，爱情当然地长天久，让我去告诉阿难，苏霏和他在海水中交合的感觉，就未免荒唐了。苏霏越说得疯疯癫癫，我越是狐疑。七年不是一个星期一个月，而是八十四个月，二千五百五十五天，太多的空白，需要太多的故事填补，若养出一个孩子，都该上小学。直觉告诉我，苏霏在撒谎，她和阿难绝对不会分开七年。

"好吧，我如何才能见到他。应当告诉我你手中的线索了。"我直接点明要害。

"我没有线索。"她着急了，"所以才请你帮忙，你会找到线索，你在德里不就找到了吗？"

"那是碰巧。还不知是否确实，哪怕确实，也是无头线索。"我有点生气了。这个苏霏好像香港言情小说家，竟然会感情讹诈——我必须在异国乱闯，来挽救她令人泪下的罗曼史。

"求你了。"苏霏简短地说。

我迟迟疑疑，半晌才说："好吧，我试试。"

电话那边就断了线。

我放下电话。查看电脑里每天写的印度之行的文字，是日记体的侦探记录，引人入胜。不过苏霏真会把这些文字放到她的网上吗？我没注意那网页。事到如今，我想她若是要放，也会编辑一番。可应当关机休息,还是把刚才苏霏说的写下来?

苏霏不久前还说过,我的新书需要新面目,我的生活需要新内容,得从错的轨道迈入正轨。她是对的,看在我们共同做一件有意义的事分上,我该有耐心。

我躺在床上,对着黑暗的天花板呆呆地想:在这儿,有什么办法可以找到阿难?对了,出发前我的确告诉过一个人我会去印度。他叫孟浩,我离开北京前收到一封他的电子信,说他负责挑选印度电影,将在北京做一个印度电影周,由他兼职的中国电影协会,和印度驻中国使馆文化处共同筹办。

于是我开了灯,重新坐在电脑前。

在这儿上网比北京速度还快,印度的因特网先进普及,让我佩服,网吧不少,上网吧的人也比中国还多,普通印度人没钱买电脑打电话,上网吧便宜省事,这恐怕是全球一绝。

我上到网上,检查孟浩与我专用的信箱,果然有他一信。

"你到了什么地方?其实你在哪儿对我都一样。面容坚定沉着,目光清澈自信,但转过身去,你的背影却显得那么无助柔弱。你的背影就是你的名字,像是一个小女孩。是不是不喜欢别人站在背后看你?至少我不会,所以能不见就不见。"

这家伙喜欢耍文字,像二十世纪五十年代的抒情诗人,也不管电邮必要的简练文风。

也难怪,他属于无数想做作家结果没做成的一类人,八十年代末我们在鲁迅文学院还做过同学。其实这些未能做作家的朋友，现在做的事都比写作更有意思，但是心里始终不愿放弃作家之梦。

他明显想知道我在哪里。他这种汤汤水水的文风，就是没有才气，不搞写作是上帝救了他。

孟浩的记忆肯定有问题。他有一次开车来我的家送一箱椰汁，我的确不在。最近我们倒是没有见面，不过时不时有信来，我的回信总是那么几句：我很好，老样子，刚发表了一篇小说，不过不满意。他也不在乎我写信短，总是说会去找小说来读。

"看来阿难的确在印度，请帮助，有无更明确线索？"

写这几个字时我有些犹豫，但我想我应该告诉他。我知道他的电脑永久连线，而且能传送到他的手机上。他有全国一流的电脑专家。即使如此，我想他还得等一阵才能回答我。

孟浩不是我的男朋友，不是我的情人，也不是精神恋人。如果我和他那样，那么我们之间的友谊就会结束。可能我们都感到这危险的一步，始终在左右等着，就一直没有走过界线。在这个夜晚，我审视自己的生活，第一次有点认识到，或许做错了什么。月光下的泰姬陵，使我强烈地感到孤独。

为了苏霏，看来我明天得去婆罗尼斯？

我希望自己能去蓝毗尼小村，一人走在尼泊尔与印度边境上。佛陀的母亲当年在这儿漫步，茂密的无忧树开满色泽艳丽的花朵，她伸出右手欲摘花，一个婴儿从她的右臂出生了。天地震动，光芒四射，婴儿自己站起，四方各行七步，步步生莲，一手指天，一手指地，天上天下，唯我独尊。硕大的莲花托起佛陀的双足,从天而降的水为他灌顶沐浴。

到迦毗罗卫遗址也行,那个荒凉的古城,人迹稀少,牛群吃着青草。我真想看那幅浮雕,传说悉达多太子舍弃世俗生活出家时,身着华服,骑着白马,借天神之力,悄悄在半夜翻越墙出城。白马经过之处,积水成沼,野塘处处生满白莲。或许那不仅是我的想象。

第五章

我并没有把握阿难会在婆罗尼斯,虽然我计划朝那个方向走。

现在找阿难,和两天前答应苏霏时不一样,最先我是被动的。今晚与苏霏电话交谈后,这种被动情绪消失了。疑团太多,我被逗上劲了。想看看这个八卦迷魂阵,想看看布阵的诸葛亮是否在唱空城计。

突然,屏幕上闪过一行字:"雷声如鼓,雨水入夜,世界变得有情有味,让我想起你的温柔。"

这当然是孟浩,这似乎是他有生以来写得最好的一行句子。来得正是时候,我的手指按出一个个字:

"请引路,我在待命。"

"去婆罗尼斯。"命令马上来了,而且很明确。文字继续往下延伸,"钥匙在你的手中,戴上莲花,就像圣徒拨开恒河雾幔。请到该地找退役的辛格上校。"

"请告辛格上校的地址。上校与阿难是什么关系?"

孟浩总算停止了抒情。他比苏霏强,他知道假不是真,真不是假。

"地址还没有。不清楚此人在故事中的角色。我在进一步查索。你明日到达时,可能已查出。"

"把故事说完吧。"

"真不知。"然后又来了酸溜溜的句子,"睡吧,失眠者夜长,疲累者路远。"

"再见!"我要切断他。

"此后不准主动联系,电脑里文字双重清除!"他切断我,更加干脆。

我只好合上电脑。对最后他的语气突然转变,我极不高兴。不是说他以命令的口吻不对,而是觉得从私人交情转到公事公办,这个人连眼睛都不用眨一下。如果他把这种本领付诸行动,我就得当心了。

天未亮,我就坐在旅馆的大堂里等消息。我给了旅馆的服务员小费,叫他想办法买一张任何班次的火车票去婆罗尼斯,结果他说睡觉更重要。我再三请他帮忙,并加了一倍小费,他才去了。

他慢慢走回来,却说我乘的那列火车竟一直没有走成,停在原地,说是前方障碍将排除,早晨任何时候可能走,我的票还有效:我的座位还空着。

我不想坐到停了一天的车厢里,那里的气味已经太复杂,汗气加腐烂食品。但是这班车若不赶上,下一班车不知又会有什么问题。

看在小费面上,服务员第二次去打听。一头大汗回来,告诉我火车准时清晨五点开，他说帮我叫了出租车，马上就到。

我谢了他，就站在旅馆门口，凌晨时街道空空如也，出租车和三轮车、人力车夫一定还没有醒来。火车站并不太远，我的行李轻便。为了不延误时间，我决定不等出租车，自己走路。

洁白的泰姬陵反射着日出淡红的光线和色彩，在朝雾中熠熠闪亮。我拖着带滑轮的箱子，顺古堡红砂城墙急走，往火车站赶，沿着轨道，远远看见了停着的火车。

我上了车，找到我的车厢。那两兄弟一上一下睡得很沉。车里旅客可能知道火车开不了，大都跑掉了，一夜未归。

算是赶巧了。婆罗尼斯不像去德里三个半小时就到，坐长途汽车有十二个小时车程。若火车不开，长途坐汽车一定受不了。但愿是因为找阿难，有佛陀助我。

五点十分火车启动鸣笛。我松了一口气，回望阿格拉城，能看得见泰姬陵一角。太阳喷薄而出，天瞬间大亮。

没有像我这样敬业的私家侦探了。到了泰姬陵，竟然都不进去好好看一下。我谢罪，面对这世界上神圣的美谢罪：我怠慢了爱情的象征，我不得不赶去处理一件实在太像爱情的爱情。

火车行驶在恒河平原上。不时可见低矮的房屋、独行的僧人、佛塔寺院隐在古树中，远远的山丘线条均匀地画在恒河与深蓝的天空之间。我坐在车窗前，河面宽起来，没有船，很静，阳光照着河水异常斑斓。

我看见苏霏和阿难在水里裸泳，他们的身体比在月光下更动人，她的头发在水里散开，合拢，她的右手和他的左手拉在一起，另一只手拂开光灿灿的水波，如双鹰展翅飞着，声波穿过车玻璃，响在我的耳旁。

她从水里一跃而起，肩宽臀满，双腿修长，腰肢紧窄，乳房稍有点下垂，整个身材却是一个少女的年轻和娇美。这个女人熟透了，鲜活极了。她踩着水，靠近他，倾身吻他。他的手探向她的乳头，她的腰，她的双腿间花瓣部位，她长长地叫了一声，整个小岛如发生了地震，一阵摇晃。她叫了第二声，海水被撼动得自行退开。他一把抱起她，野性地侵吞她。水珠顺着她的脸颊滚在他结实的肩膀，热烈地滑下他的背和屁股，他健壮的臀部上有颗红痣，刺得我的眼睛好痛，心里涌起一股奇特的感觉。

我一惊，再仔细一看，恒河还是恒河，不是南丫岛，没有苏霏和阿难。

我在古老的恒河上看到的爱情，想想还是非常美。苏霏越是半隐半露，矛盾百出，我就越是感兴趣。

我认识苏霏是在1995年，按照昨天她说的，她和阿难分手已经七年，在1994年秋天，就再也没有见面。那她如何能将阿难介绍我？我骄傲地婉谢她，给她台阶下，不然她早会露馅。

不过话又说回来：她很爱阿难，阿难未必不爱她。虽然这一点不能确定，苏霏的爱却是真实的，不然不会直接撞击我内心坚冰一样的伤口，透过这伤口，我能看见她的伤口。

车厢里放着印度歌曲，照例哀伤、缠绵而热烈。全世界的爱情都是一样的。我拿出日记本，翻到1月20日。详细地记下这两天的行程，好不容易忍住手痒，不写评论。

我觉得应该把苏霏以前告诉我的事全部回忆出来：不是那些有实质意义的事情，那些事情早就郑重其事地写过，此刻最好不复述。

我现在记起的是那些不登大雅之堂的男女之事，尤其是那些她当时说是阿难与别人的事，可能有关别人，但稍稍一思索，就明白大多是他与她。讲述时间不同，显得琐琐碎碎，前颠后倒。当时我认为琐碎没什么用处，不过以后写小说借一点无妨。现在或许是时候，好好清理我对这两个人的了解。

他们最初见面，是在一个电影演员家的聚会上。因为知道阿难会在那儿，她才特意赶去。那是苏霏第一次到北京，迷路来晚了。她握着阿难的手，希望能给他做一个采访。阿难说没有时间，马上要去医院看一个朋友。她固执地说，她也没有多的时间，一起去就是。

苏霏的骄傲使他改变了主意，他骑自行车，她坐在后座上。北京的冬夜，胡同里漆黑冰凉，地上积雪太滑，一不小心车把擦到墙，车一歪她就跌在地上。她被拉起来，再次坐上他的车，不得不紧紧抱住他的腰。只要抱紧就再也不撞墙，遇见人，他也能灵巧地绕开。那年她二十多岁，眉毛高挑，眼睛深黑，脸上每个部分都精致匀称，高高的个子穿一身红大衣，头发鬈曲，围了条蓝竖条纯毛围巾，戴着宽边白呢贝雷帽。

"你是什么香港记者？"那夜他就对她说，"你是天荒地老只出一个的绝世佳人！"

那个花家地医院，离机场不太远，围栏高过人，大片的荒地，与小饭馆相邻处是铁丝网。北京的雪在花家地没有融化，连地上也是厚冰，夜里泛着白光。病房里躺着的姑娘刚做过手术，见了他，不当一回事似的，可一握着他的手，就抽泣起来。那是他先前的女朋友。那个冬天真冷，全都凝冻了，在她眼里，只有他是鲜活的。那寒冷，对于一个香港人真是太凶猛一点，但她一点也没有感觉：她全身燃着火。

另一天晚上他一人在家，对着镜子坐着拉大提琴。她推开门，没惊动他，悄悄走近。他在镜子里看见了，却继续拨弄琴弦。

她站在他背后说："你不爱我，我专门从香港飞来看你，你也不愿意对我好一点。"她瞧见自己的脸在镜子里，还有他的脸和大提琴。

对她的话，他只当没有听见，照旧拉琴。

灯火通亮，如同北极光下的荒野。但是当她转过身准备走出去时，她听见阿难咚的一声跪下，抱住她的双腿，泪水涟涟。

她说："大丈夫有泪不轻弹。"她也跪了下来。两个人尽情享受互相流泪的放肆，享受天选地配的结合。

他说："你哪是什么绝世佳人，你是活生生剔取灵魂的魔鬼！"

每和一个女人做爱，他都留下几根女人的阴毛。她主动让他剪取。后来苏霏要求看看他的收藏，他坦荡荡拿了出来。那些美丽的阴毛，颜色不同、质地不同，放在一个红色的盒子里。她的阴毛单独用一个古色古香的雕花银器装，里面垫有一层柔软的蓝丝绒。

她问："为什么我单装一盒呢？"

阿难听见这话，就跑到厕所里，把两个盒子都倒空。"不用保存了，永远不用了。"

苏霏明白，阿难是说他从此不会沾别的女人。这种山盟海誓式的表白，反而让她心中不安：她越是爱阿难，越是觉得独占反而危险。这个男人能力太强，太迷人，很少有女人不喜欢他。如果他不拒绝，女人很难拒绝他。苏霏觉得，过于忠实他们的爱情，会对他的心理压力过大。阿难此后的确不再理睬任何女人，哪怕他生活的世界里，艳色重重，美女如云。

苏霏说过她重新见到阿难，是1994年秋天。至少苏霏昨晚是这么说的——她突然接到电话，他再次来到香港，约她到中环一家旅馆见面。

她去晚了，进房间后，他就脱她的衣服，要和她做爱。她抱怨阿难半年多没影，抛弃了她。既然抛弃了她，为什么又要见她？两人争吵起来，他骂她，她哭了。他愤怒了，手碰到什么东西，就砸什么，镜子和窗玻璃都碎了。他狂暴而神经质，把她狠狠地推倒在地上，压在她身上，进入她的身体，变成一头野兽。她咬紧牙关才推开他，穿上衣服跑掉了。

此后苏霏伤心地在家里等电话，可是等不到。

其实苏霏知道，他一直住在南丫岛她的别墅里。但是他没有同意，她不敢去，直到有一天夜里他打电话告诉她，离开香港的时间到了。

她说她想见他。

他想了想才答应。

第二日上午她到了岛上，站在别墅的花园里看着他从房里走出来。

她指着胸前的照相机，笑着对他说，最后当一次模特儿吧。

他看看她，说这是荣幸。

他们如朋友一样去岛上一家英国女人开的餐馆吃饭，那儿生意好，总是客满，布置典雅舒服，墙上总有标新立异的摄影作品。见他们是老顾客，老板给了他们一个既可看海景又可听海潮的位子，叫了烤牛肉、一瓶法国红酒和甜点。

吃完饭，他们又像朋友一样回到山上的房子，她帮他整理行装，他收拾房子和花园。临近黄昏，他们才下山到沙滩。她举着相机，咔嚓咔嚓地拍，眼里全是泪水，怕一动，就会弄脏化妆的脸，不好看，她不愿意看到自己这样，只得停下来。如果有一方手帕就好了。

他递过手帕，他知道她在想什么。她不接，反而用手抹抹，情愿让脸花着拍照。

离别把那天晚上的压抑气氛点燃，她和他再也控制不住自己，坠入海水里，撕掉衣服，挣脱一切束缚，狂热地在海水里做爱。

我想这是他们唯一一次在海水里做爱，只是在苏霏的记忆中，出现过许多次。

只有南丫岛的海水有如此伤心饱满的蓝，是天之尽头的蓝。他离开的那夜，还有月夜抛洒的碎银，近处远处都是：那石头和弯来扭去的小路，别墅回廊里的风铃，落地窗外的金莲花，院里梧桐、紫荆，被那样的银光分解成一个个静止的图像。

她赤着脚，一头秀发飘散，披了件透明的睡袍，先是小跑，然后狂奔起来，跑下山谷，跑上对面的山上，再跑下山，在姜花和竹林中穿行,海水涨潮的巨响灌入耳边,她心痛得叫出了声,惊飞了岛上所有的鸟,一只只成为犀利的剪影,把月亮切割成均匀的一块块。

开始得太好,结束就糟到不能再糟。自南丫岛离别后,她一咬牙,干脆不再找他,硬着心肠与他彻底断绝来往。俗务牵累,必须各奔新路。

如果苏霏认定已是七年,就是七年:在时间上,五十天,与五千五百天,没有太大区别。

她一点也没有他的消息,也不知他在哪里,打听过,还是没有踪影,也就作罢。想或许等一两年,或四五年就会有联系的,就会见面,重新在一起,和好胜过当初。

谁知道世事风云变幻无常,风筝断了线,而且本来线就不在手里。

她慢慢脱掉自己的衣服,躺在旧地板上,燃烧的晚霞映照着她孤绝的脸。唱盘里打了重复符号,她不断地听他的歌,抚摸自己,想着是他在进入她的身体。可她的手怎么会是他的手?她的乳房抗议地鼓胀,双腿委屈地弯了弯,那神秘的喷泉竟然消失无踪,如封死的地火岩浆一般难受。她站起来,又急又恨地关了唱盘,走到卫生间拧开热水冲洗。

生命里一年没有男人行不行?行,十年也行,她发誓再也不需要任何一个男人。非阿难不可,阿难不在,她宁肯做一个修女。谁会比阿难更爱她呢?浸透过阿难身体的海水,缺少了阿难,不仅从咸变成苦涩,还发出一种臭鱼味,她一闻见就会呕吐。

我记得苏霏曾在我的笔记本上写过两行字:

两只乌鸦一高一低，

需要灯，就得点亮翅膀。

我开始懂这些字了，一个人的翅膀碰上火星，两个人的翅膀就会燃烧起来。

她想说什么？我开始有点害怕此行，不敢去想结果。

一夜几乎没有合眼，我对自己说，你必须睡，念咒似的重复。果真有用，竟然睡着了。可是一小时不到，我就醒了，眼睛睁得大大的。

我想起苏霏不时会露出一些情况，例如上一次我与她见面，她问我是否知道阿难用"重金属"风格开始他的艺术生涯的原因？我摇摇头。她便说了起来。

阿难对她说，什么都是公平的，劫难未必不是福分。"文革"时阿难还是个中学生，被抓进学习班。审查阿难时，"革命群众"把他的头塞在书桌的抽屉肚里，四周用木板打，共鸣声把他弄疯了。上面每隔一段时间规定不能用肉刑，每次文件刚下后，就用这种毒辣打法，看不见伤痕。一个清华大学一年级的学生，受不了这耳膜带着头脑一起震荡的酷刑，飞奔出教室，跃出窗口，摔碎了头颅。

当时苏霏说完，直感叹："真是恐怖！真是恐怖！"

原来阿难对"重金属"刺激的迷恋，来自受酷刑得来的变态乐感，是他少年时期创伤的发泄。西方时髦摇滚，可能与这一代青年集体的压抑感恰好暗合，却不料成为他音乐名声的起端，可谓无心求名而得之。

等到阿难的音乐成熟，却无人欣赏，他的音乐会一再受挫，事业走下坡。他想制作唱片，没有资金。他放下面子，低三下四寻求资本家赞助，却受尽他们的"胯下之辱"，得到的施舍几乎无法过穷日子。

暴怒之后，他认同了当时开始流行的一种想法："自己赚了钱后，才能做个自由的艺术家。"

这是一条万劫不复之途，一旦踏上，开始赚钱，就会无所顾忌，就难回到艺术的悠然心境。阿难是个聪明人，应该知道此种显而易见的道理，可他情愿装糊涂。

关于阿难在"文革"中的经历，他在采访中说得很少，我只是从音乐圈里耳闻一二。这次苏霏主动提起了，我有了理由，每次我们会面，从她嘴里掏出一点东西，关于他的身世，勉强凑成一幅比较清晰的肖像。

阿难是个孤儿，父母早逝，叔叔婶婶把他养大。

阿难的叔叔一直在外文局做翻译英文工具书工作，外貌不像个读书人，生得五大三粗，只有脚下的圆口黑布鞋始终干净这点，能看出他做人精细中求稳妥。阿难从小皮肤黝黑，绰号小黑炭。从小学起，他都是按照叔叔的要求，一切表格上填孤儿。婶婶开始对他还好，等到叔叔决定不要小孩，全身心视阿难为己出时，开始与叔叔吵闹不休。

家里三天一小吵、五天一大吵，叔叔没有搭腔，婶婶一人也能吵，从她的角度吵，又从叔叔的角度反驳自己，再从自己的角度辩护，一人照样吵得很热闹，日子过得烂透。

阿难上小学这一年，1957年冬天一个深夜，婶婶已经睡了，叔叔照常点夜灯在做翻译。婶婶起床，走到叔叔的书桌前，她准确无误地在书架底层拿出叔叔的日记，一个硬壳本。她说："我早就知道，你连我也不说实话，那个鬼魂——阿难的父亲，原来死在国外，是国民党的人，货真价实的反革命！"

婶婶举着日记，威胁叔叔要将日记上交单位领导。

阿难在自己的小房间里，被吵醒了，却听不懂他们在吵什么，他感到害怕。叔叔声音突然变得低三下四，连连说："轻声说，轻声说，别那样做，别逼我们往死路里走。"

里面声音突然小了，灯也关上了。房门紧掩，阿难蹲在门外，什么也听不到。仿佛很奇怪的一个梦，他爬回床上，马上睡着了。

第二天婶婶出事了，半夜下班的路上，不小心跌下护城河，落进冰下彻骨的凉水中。好不容易救上来后，得了急性肺炎，不到一个月哮喘病复发，送进医院后就病逝了。

叔叔烧掉他所有的文稿和日记。他说："她总是认为我偏心。她真是错了。"叔叔哭了，"这下就你和我两人相依为命了。戴面具，戴个面具吧，我们都必须适应社会。"

他们两人戴着面具，不提这些往事，叔叔知道他少年老成，就偷偷教他英语。看到他的特长，也鼓励他学音乐。在寒冷的冬夜，叔侄俩听着保存下来的老唱片，叔叔用英文给他讲提琴和弦背后的故事。

他长到十六岁。"文革"了，档案一条条翻出来，叔叔这个老实人，立即被党委作为"外国特务"抛出，党委正在受造反派冲击，抛出知识分子转移斗争矛头是最简单不过的自卫。各地党委都这样做，无一例外。

叔叔被关押起来不久，就打碎窗玻璃，用碎玻璃片割颈动脉自杀，他无法坦白"里通外国，为反华集团做间谍"的底细。

阿难夜里翻高墙准备去看叔叔，差点从大楼摔下来。即使爬上去，也没有用，因为叔叔那时已经死了，那是他永远也够不着的地方。1966年8月的"红色风暴"，自杀的人太多，叔叔被送到医院，没有抢救，医生要单位开出并非牛鬼蛇神的证明才肯动手救人。医生这样做也无可厚非，确实也够疲倦的，每天都要处理太多自杀的人，一旦他们抢救的优先顺序出问题，自己就得进牛棚。

"文革"是平等的，对每个人都是炼狱，只是炼狱轮流进而已。可以说阿难没有什么特殊的冤屈，他没有资格借伤痕撒娇，当时没有，以后也没有。他躲过了革命轰轰烈烈的高潮，与其他逍遥分子一样，大部分时间把吉他塞上棉花轻轻拨弄，自己做梦，熬过革命岁月。

唯一出格的事，是在1967年8月22日。那个高中少年，突然听说了外交部造反派正在冲击英国驻华代办处，他马上骑自行车从海淀赶到城东光华路。人多得压断了街，停着的汽车上架着喇叭，喷射语录歌和口号。

他搁了自行车往前挤，看见人群冲开大铁门。大使馆的人翻墙往隔壁阿尔巴尼亚大使馆逃命，但被拒绝收容，只能再爬墙狼狈地逃到荷兰大使馆。三十年后阿尔巴尼亚人视英国人为上宾，那是后话。

又黑又瘦的少年带头冲进大使馆，本想找任何英国人单练，一个也没找到，就掏出怀中的打火机，他刚开始学抽烟，打火机是衣袋里必有之物，多年的愤怒，集中在他手里的打火机上。他抓起地上的传单点着，又提起地毯的流苏引上火，火苗顺着上等的毛质地毯往上熏出一缕黑烟。他耐心地吹气，终于燎起大火：满场的人，看到都来了狠劲，个个往火里扔木棍桌椅，没人救火，乱糟糟地呼口号"打倒帝国主义！""帝国主义滚蛋！"爆燃的火焰，燎烤着几百张年轻激动的脸。

等到警车、消防车蜂拥而至，人们才开始不慌不忙走散，一把火终于烧出了"文化大革命"的最高点。这场混乱不堪的造反，没有刹车装置，早晚要出事，但谁也没料到是，一个十七岁的少年点了这一丛全世界注目的大火。

少年阿难手里的打火机，红红蓝蓝的火苗，跟眼前的天空比较接近。设想以后成立"文化大革命"博物馆，处理1967年8月22日火烧英国大使馆事件，会成为一个问题，那个又黑又瘦的少年，破坏"文革"的暴徒连张照片都没有留下。

当时这是件大事，严重影响中国对外关系和声誉，各国都准备关闭驻中国使馆领事馆。8月中旬，外交部与外语学院不少造反派头面人物陆续被捕，8月底打击面扩大到许多红卫兵组织成员。那个炎夏，北京已经开始抓"5·16"反动学生，冲击英国大使馆有上万人，中坚分子大都是北京外语学院的学生，全部被军管会关押起来审查。

设立了专案组重点追查谁是放火者，结果有好几个人指证是一个中学生。专案组认为平白出现敢动手的神秘少年，必有重要黑手在后，必是外交部内阴谋集团派出的人物。追了很久，才找到一个人，说是认识这个中学生。

大半年之后,1968年春天,阿难终于被逮捕,关了起来,在"5·16分子学习班"关了整整一年。这段日子怎么过来的,阿难最不愿意提起。在学习班里,不论如何施压,他也一直装幼稚无知,不承认是他放的火。上面也不愿意把最大责任归到一个无所谓的中学生身上,只是一再逼他交出指使的"黑手"名字。双方软磨硬顶,长期作战,最后只能不了了之。他被戴上"不肯交代的5·16分子"帽子释放回家。

从"学习班"放出来,已是1969年底。阿难回到家,家已经被邻居占了,反革命的房子,人人占之有理,在四合院边上一间没有窗玻璃的储藏室里,堆满了叔叔和他的无用杂物,幸好里面还有他那把断了弦的吉他。大冬天,阿难在杂物堆里蜷缩了一夜,冻得不行,想来想去,整个北京没有一个他可以告别的人,也没有任何值得去再看一眼的地方。第二天上午就干干脆脆到街道报名去农村插队。虽然他还顶着一顶沉重的帽子,对于一个自愿到云南边疆去的中学生,什么样的帽子,什么样的档案袋,都无所谓了。

第六章

　　我对婆罗尼斯最初的印象,还是来自临行前赶读玄奘的《大唐西域记》一书,说婆罗尼斯,"周四千余里,国大都城西……长十八九里,广五六里。闾阎节比,居人殷盛,家积巨万,室盈奇货。"

　　玄奘怎么有点像马可·波罗写杭州?只不过马可·波罗激起了西方人的探险热,玄奘只引出一本没完没了地开玩笑的《西游记》。中国人看来本性不是很爱财,不然的话,犯不着我现在到婆罗尼斯来追阿难。

　　在火车到达婆罗尼斯之前,我得把脑子里乱乱的东西清理一遍,留出空间。如果阿难在那里,那里就会有太多的故事,真真假假纠结不清。

　　我并非计划沿着玄奘的路走一段,我着迷于他书中的路线,这和尚总能发现奇迹,总能有艳遇。男女之事是一般的艳遇,我说的艳遇是猝然遇上纯粹的美——在一个陌生的世界,那快乐的一瞬间。

　　就是因为迷恋这和尚,我去年几乎答应一个出版社走新疆一趟。当时没狠下心背旅行包,是被丈夫拖后腿了。

那天他说,你别去,你看家里的金鱼就需要你。

他的话提醒我,我走了,鱼就没人照顾。我留下来,第三天鱼缸里的金鱼都死了,我难过极了。

丈夫说,你连鱼都养不活,还能养人吗?

他嘲笑我的无能。孩子是一个女人的内在青春,有孩子,这女人永远年轻,孩子一旦飞离,这女人一天之中就会走向老年。我懂,我与孩子失之交臂,完全是命运作弄,那是一道不会愈合的伤口。对丈夫之说法,我也不能看成是侮辱。

看看他找的女人,差不多都是与我完全不同的类型:年龄偏小、相貌平平、没有文化、不爱整洁。很可能他与她们是肉体关系,因为性关系好,也不必在意其他。对此我也不必在意,这是他的审美和价值观念。

想起二十一年前,我梳着两条辫子,眼里总是掠过阴影。有天傍晚,我在积水潭地铁门口,看见一个陌生人,我走过去向他问路。他很仔细、很有耐心。从天边漏下银白发亮的光线,一群燕子横穿过,正往西山飞。那一刻至今想来都很离奇,一说话就有特别的感觉,我和他居然就站在马路边交谈起来。大约十来分钟,可能更长也可能更短,说完话后,我跨过马路,转身看他,他还站在那儿入迷地望着我,只是招手的动作有点无助。

从那夜后我成了一个多梦者。三个月后,我与他再会。雨停停下下,到处都是湿漉漉的。一人打一把伞,并排走着。

我很少与他见面，他大都不在北京。有五年时间他在国外考察研究，只有节日才有贺卡。后来，他回国了。我知道后，独自到一个我们俩都喜欢的餐馆独饮二锅头，我的样子极像一条被钩弄伤的鱼。一连好几周，我都去那餐馆。直到有天多喝了两杯，仿佛是为了寻找勇气，我借着餐馆微弱的光线，给他写了一封长长的信，我认为他一直可以在我彷徨迷失时，指我一条新路。我们约在积水潭地铁口见面，见面三分钟不到，他便向我求婚，我答应了，那年我二十九岁。

事情就是如此简单。

这次我到印度来，他知道了说：旅行与写作，两者兼而得之，倒也不错。他并不是完全投反对票，反而说，若我需要他，他愿意效劳。我希望自己能换一种角度看他，他是沉重的，女人就是沉重的脊骨。越熟悉咖喱味，越能认清我和他之间的关系。

记得苏霏告诉我，她特别喜欢印度。

我当时觉得她在幻想，因为她说她从未到过印度，只是非常欣赏印度舞蹈。她说印度舞剧多姿多彩：神也嫉妒得乱做傻事，印度音乐接近冥思境界，久听会入魔。

我当时鼓励她说下去，心里却认为她只是看了几部印度电影在卖弄，那也是传媒的职业需要。

不过我现在回想，说起印度的苏霏，是另一个她，仔细周到，无争无求，是那个我在心里不断与她交谈的苏霏，更懂得、更理解我的唯一知心女友。可是，当时她在想什么呢？

火车基本准时在傍晚五点一刻到达婆罗尼斯。我提着行李到月台上，看着接站的人、下车的人从我身边猛挤过，广播在响，人声喧嚣，我的心就发毛了。

退役的辛格上校，你在哪里？

婆罗尼斯虽没有玄奘说的那么大，站在火车站，四下一望就分不清方向，像个迷宫。我得马上弄到当地的地图和住宿资料。幸好，服务处还没有关门，工作人员热情周到。我拿到市区地图、观光景点、旅馆、购物、三轮车出租等一大堆印刷品。

我掏出手机，开机后就按了三个数字，让对方手机上无法显示我的号码。接着我按了一串数字，放在耳旁，却没有声音。一看，结果是无信号，重新启动后，还是照旧。

火车站大楼有三层，居然找不到一个能打国际长途电话的地方，只好出来。我很着急，想知道苏霏对我已经来到婆罗尼斯的反应。虽然这儿打电话到香港不便宜，我却等不及找旅馆住下，再上网联系。

有三轮车、人力车和小贩跟着一串，热热闹闹走了五分钟，终于看到路边杂货店挂着"STD—ISD—PCO"的牌子，可打长途电话。胖胖的女店主帮着我把行李提进店，让我坐在椅子上，递给我一杯茶。"你穿得好漂亮。"她的英文相当顺耳。

我这才注意到自己穿了在阿格拉买的紫色旁遮比，很合身，脚上穿了平底绣花拖鞋，很舒服。印度服装使我的身段显得修长了一些，裙子绣花做功精细，领子是中式旗袍式样，围巾随意披搭在胸前，有一种流动之美。入乡随俗，希望这儿的人对我第一印象好些。

拨通苏霏的办公室电话，可是没有人，家里也一样。再试手机，关机，有声音在说可留言。我等了一下，喝完茶后再拨，有人接电话，是她的声音。原来她整个下午都在开会，不得不关机。因为担心我会打电话，借口上卫生间，才开机就收到我的电话，她很兴奋：

"你到了婆罗尼斯。印度最美的地方，是不是？"

她怎么知道？她对印度熟悉程度总让我吃惊。我干脆跳过承认否认，直接问："下一步呢？"

"你找一个辛格上校。"她说。

她的话吓了我一跳。难道她能查出我与孟浩的谈话？

"什么辛格上校？"

"一个印度退役军官，他是阿难的朋友或亲戚。"

我的天哪！阿难在印度有亲友！我还以为到婆罗尼斯找阿难，是一大发现。看来我只是某些人棋盘上的卒子。

"究竟什么关系？"我的语调相当不高兴了。

总是这样，每次我不高兴，苏霏的声音一下子变得像个姐姐。"我真不知道是什么亲戚关系，我只是曾在阿难的通讯本上看到过这样一个地址。"她的声音听起来至少很诚恳。

"那么你为什么不早告诉我？"

"我也拿不准。我觉得你有第六感。既然你自己来到婆罗尼斯，那么辛格上校就是一个相关人物：是你证实了我的猜想。"

原来我不是卒子，而是试剂！再想想，跟苏霏闹气无益。现在这已经是我自己的事：我非要弄个水落石出。

"好吧。给我地址。"

"Godaulia区,沙特28号。我马上发到你的电子信箱。不过,我不知道这地址是否正确。"

"怎么回事?"

"五十年代的地址。"她那边有翻笔记本的沙沙声响。

"你怎么知道是五十年代的?"

"好像吧。"苏霏答非所问,接着不作声了。我猜想她偷看了阿难的一些东西,日记本或地址本之类。这不算罪过,她应当知道一些底细,漠不关心反而不近人情。

"五十年代的,还能找到吗?"我有意显得不耐烦。

"我只找到这个。"

我不客气了:"最好告诉我一切,把所有知道的事情一次告诉我。"

苏霏几乎是哀求了:"我不会瞒你。背后故事,还得靠你帮我弄清楚。"

搁了电话,我边付钱,边想她有什么必要全部跟我说清?又有谁能全部说清?她说什么来着,"背后故事,还得靠你弄清"。也是对的,不然要我来印度做什么?如果她都能做到,她完全不需要我。她一定是自己试过,不行,才求我到印度跑一趟。

她如此钟情,为什么自己不来亲自处理?她的本事比我大多了,至少飞机直达,汽车直奔,抓住这个辛格上校问明白不就行了?犯得着我来转一个大圈子?

她有她的理由。我呢,我也有我的理由,至少我想写出一本小说,小说不能直奔主题,不然一句格言就可代替一本书。转圈有转圈的好处,我们各得其所。这么一想,我心里好过多了。

婆罗尼斯比德里气温高一点,这儿人大都穿衬衫,穿薄毛衣的极少,天好像也黑得晚些。我进了一家店,买了简单的烤肉饼吃,叫了一辆人力车,按照旅游资料介绍,讲好15卢比到老市区。

这个历史悠久的古城位于恒河西北岸,追求超脱凡俗生活的人,喜欢聚集在此苦修。自古以来,印度教徒相信,只要在这圣河中沐浴,就能涤去一生罪孽,灵魂变得纯洁,更有可能超脱轮回。印度教徒最大的愿望,就是在恒河边咽下最后一口气,知道来日不多便来这儿等死。也有死后家人将遗体运来此处火化,骨灰撒入河里。火化要有钱买木材,没钱的,把尸体捆上石头扔入河里喂鱼,据说灵魂也能成正果,借此超生。

老市区蜿蜒在壮阔的恒河边平台上,漫长地排列,四通八达的石阶,沿河岸是错综复杂的小巷,古色古香的房屋庙宇。弯弯的河面上停泊着一艘艘小木船,浸泡在河里的信徒,吟诵经典,期待获得救赎。岸上打坐的僧人,安安静静。石阶上开始火葬仪式,迷烟升起,寺庙敲响钟声。

三轮车夫骑骑停停,座位后面的篷,用了几根竹条。

车夫很有耐心,停下时从身上的挎包里取出两本杂志塞给我。一翻,尽是印度漂亮男人图片,我壮着胆问:"什么意思?"

他笑得很天真:"我们这儿有桑拿按摩,什么服务都行,很卫生,经常做检查,没有艾滋病。"他骑着车,还不忘做生意,拉顾客拿回扣。

沙特街28号还在,是一幢独立的两层楼旧殖民地式房子,掩隐在树木丛中。围墙不高,有游泳池和草坪,环境十分宁静。这条街上大多是高级住宅。人力车司机不相信地转头看着我,他大概很少拉客来此地。

一个老先生,全白的长发及胸,连胡子也是白的,裸身披了一块布,像甘地一样,摇摇晃晃从路边走过来。他的样子很吓人,手臂和脖子都挂满了念珠,握着一个手杖,连手杖上也挂着念珠。

"那玛斯德。"我双手合十,注视着他,说完这句印度人招呼的话头,我显得不安,"请问辛格上校住在这儿吗?我找他。"

他把吊在胸前的眼镜戴上,有点忧虑地看看我:明显是中国人的脸,穿印度女服。

我又问:"辛格上校不在吗?他以前住过这地方。"他不说话。我注意到他赤着脚,猜想他是一个餐风饮露的圣者,看样子正好路过这大宅子。

这时他嗓音清晰地对我说:"我就是辛格,你有什么事?"

我一愣,赶快说:"我找阿难,Ananda。我从中国来。"

"Ananda,"他惊奇地说,"好吧,你跟我来。"

我兴奋得几乎有点恶心:这也未免太顺利了一些!我拉着小行李箱跟着他,从花园左边小径到房子旁门,碎石子铺在小径上。进到房子里,有仆人已在点灯,陈设比外面还堂皇。

"你认识阿难吧?"我将行李箱和随身背包往门边一放就问。我不愿意再转圈子，为避免找错人，我说出了阿难的原名，"Ananda，他本来的中国名字叫黄亚连。"

老先生说："我不知道这名字。"

我心一沉："那你知道一些什么？"

"我认识过几个人，他们是否叫这个那个名字，与我无关。"

他打禅似的话，我觉得有点迂腐，刚才在街上极爽快，现在来了个吞吞吐吐？到这个时候，他打退堂鼓已经来不及了：刚才听到阿难的名字，他眼睛中的闪光，已经泄露天机——阿难绝对与他有关。

这位辛格上校穿得像乞丐，房子却是以前上海天津租界里也少见的花园洋房，和他的装束未免太不协调。我仔细打量房子，极大的厅，楼梯宽敞通向大过道，我以前只在中国三四十年代的电影里看见过，上海大买办大资本家家里才有如此的楼梯和吊灯家具，还有一架老式黑钢琴。他不坐那些雕花镂金的椅子，却席地坐在地毯上。一旁的沙发上有丝缎的圆枕和垫子，流苏和落地窗帘一色绛紫。

从德里到阿格拉，再到婆罗尼斯，一路上我没少看所谓的"圣者"。这些僧侣大多年过半百，云游四方，过着靠人施舍的乞丐生活。额头上涂着雄黄，一条布遮挡私处，有的洒脱到什么也不挡，本来成年累月晒得漆黑，有的人脸上还要涂上炭灰，一般手持一根木杖，一个水壶吊在胸前，或是背一个布袋，一把驱魔赶苍蝇的扇子，一个要饭的破碗。

云游当然居无定所，有时当街而睡，有时夜宿荒野，只能食树皮果实。任何地方都能坐下修炼瑜伽，姿势不一，有人将双腿甩盘在肩上或脑后，双手合十，可以几天不动；经年累月高举一手不放下，苦修今生得正果。印度教徒将人生分为梵行、家住、林栖、遁世四个阶段，到了遁世期，即人生最终阶段，应当舍弃一切，剃发、守戒、乞食、穿破衣，达到梵我如一的境界。

但是，辛格上校一边住豪宅一边修行，算是哪一期？他不舍弃财产，就不是一个彻底的圣者，比其他人德行就差一等，我弄不明白他：既然修行，为什么不求正果？

与钢琴并行的长桌上端墙上挂着一个镶银边的镜框，是黑白照片。走近一看，照片边角已经有点发黄，像是几十年前拍的。

我的眼睛发直了：照片上竟然是个相貌俊伟的中国男人，他站着，身前坐着一个花容月貌的印度姑娘。

我立即有个印象，这两张脸好像见过。再仔细看，两人我都不认识，中国男人穿着长衫，印度姑娘手里有把中国旧式绸扇。我一下搞不清楚是怎么一回事，退后一步。照片背景好像就是这幢房子的门前。

这两人的关系好像很亲密，是夫妻或是恋人？中国人和印度人几乎不联姻。照片上这一对儿，难道是规律中的例外？

我有点懂了，一定是辛格上校有过中国朋友，看见我是中国人，出于好心让我进来说话。

"他们是谁？"我把自己的判断说出来，"这个中国人是你的朋友，对吗？"

"这两个人是天国的灵魂。"他慢慢说。

死了？我没想到，心头七上八下，紧张起来。已经是晚上，又是陌生的环境。照片上有盛开的印度素馨,而这幢房子门前似乎没有任何花,树木太茂盛,草坪也好久没有割,一派凋零荒芜的景象。

莫非这是个鬼屋?那么多死人在恒河边焚烧,那么多的骨灰倒入河里,洗灵之河,也是死亡之河。这想法刚一冒头,我就被自己吓住了,赶快打住。

辛格上校的身上挂着被岁月摩擦得光滑锃亮的念珠,脸上层叠的皱纹堆着老年,眉毛又长又白。看着他打坐的安详神态,我的心平静下来。

苏霏叫我上这里来,有她的道理,大概她打听到什么。苏霏这个人不愿意浪费任何人的时间,也知道我对她的善意并非没有限度。

我走过去,在辛格上校身边坐下来,看着地毯上的图案:一个套一个圆形里深红的蝙蝠和金黄的浮萍,像绣上的,做工精细,整张地毯泛着珍珠的光泽。我镇定了好一会儿,才说:"黄先生来过没有?"

他肯定听见了,仍然不理我。

我站了起来,裙摆和裤腿相摩擦,发出细沙与细沙摩擦的声音。我很失望,叹息一声。回头去看他,他的神情增添了一种温情,我感觉我找对人了。不过可能也不宜逼他:越逼他越不会作声。

我说:"谢谢你的接待,我得走了。"

辛格上校猛醒过来的样子,一脸失措茫然,仿佛从一种境界到另一种境界。我曾有两年间间断断地练瑜伽,偶尔练到尘嚣皆无,突然被电话或雷电惊醒就会这个样。辛格上校睁开眼睛轻声说:"天已晚,路上不便,你可以住这里。"

他击掌两下，站了起来。

有一个穿着整齐、白巾包头的仆人，不知从什么地方跑出来恭候。辛格上校让他准备房间和用具。

这是什么圣者，还有一大班仆人？我心里一怔，没多问。我生性不喜欢住在陌生人家里，没有住旅馆自由自在。何况，我怎么相信住在这儿没有危险呢？

我谢了他，拿了行李和包，他也没有劝阻挽留，让我从大门走。外面的一盏灯不太亮，也看得清楚。大门油漆剥落，木门两侧的孔雀图案也旧得有年代了，游泳池没有水，一棵老芭蕉树枯死了也不挖走，歪依在一棵榕树上。从这迹象看，辛格上校不经常回这个家。

一出门我就后悔了，有什么必要见外拒绝住下？印度人好客，喜欢招待人住在家里。最重要的是，在辛格家，哪怕他不开口，或许偶然会找到什么东西，遇到什么事情，就可能弄清他和阿难是什么关系？这么个圣者非圣者、上校非上校的人，不会一生没有故事。小说家惯性的职业心理，这时冒了出来。

我真是太笨，太不懂得抓住时机。我忽然害怕起来，等我再来这条街时，全部房子与辛格上校，加上他的仆人，都会化为一股青烟消失。仿佛一切都是想象虚构的，再寻找就难了。

后悔已晚，我决定先找一家旅馆住下再说。

街上路灯都昏暗得厉害，可能政府为了省钱，灯泡用的是低瓦度。我按地图找一家日本女子开的旅馆，据资料介绍这家旅馆服务较好。路上经过一些莫名其妙的小店、餐馆和旅馆,好像挤得满满的。顺便问旅馆,都没有空房。有的地方还有更小的路黑洞洞的,我不敢走。总算在靠河边的一条巷子里找到了那家旅馆,门就比其他旅馆大些,可是依然客满。

恐怕遇上了印度人的什么节庆假日,不然不可能如此。

正在徘徊中,一个十一岁左右的少年带我找到一家恒河边的宾馆。我的担心有道理,宾馆里不仅一、二楼临河最好的房间没有,连厕所条件极差的房间,都住满人,门前一小阳台都搭着帐篷。

我一生气回到大街上,给了少年一张小钞票,叫了一辆出租车,指着地图上火车站北边的肯顿门区,让司机开到那里的高价旅馆。恒河边是古老市区,而肯顿门区算一个高级新区,大部分高价旅馆都聚集在那一带。我对司机说:

"太阳神饭店。"

"那饭店的每套房间面朝花园,每天有挂牌名厨。"司机和北京出租车司机相似,什么都知道,也喜欢说话,"你不用担心,我等你一会儿,若不行,再带你到这儿最好的一家旅馆去。"

出门不怪热心人,我当然连声感谢。说话间车子到了饭店门口,和老城区的旅馆不一样,门面堂皇,花园尤其整齐可爱,我先看价格表,带浴室热水的单人房200卢比,附冷气套房才五六百卢比,价格合理。我刚准备付款,服务柜前穿西服的男人微笑着对我说:

"很抱歉,没有房间了。"

"有套房吗?"

"没有。本旅馆一向受欢迎,像这节庆天,如果不事先订好,不会有房间。"他摊开双手在柜台。

我请他帮助,他又笑起来:"这一带旅馆不会有空位,如果你没有订的话,只能露宿街头,除非你肯花钱,只有一个旅馆除外——克拉克大饭店,它是我们这城市最古老、最漂亮、最豪华的饭店,殖民时期就有了,应有的设施样样俱全,包括卫星电视和上网电子游戏。"

我不客气地打断他:"多少钱一晚上?"

"附冷气单人房间60美元,双人房120美元。只收美元,单人房间肯定没有了,双人房间或许能找找看——我说的是原价,但这几天的价格全比原价多三倍。"

三倍就是360美元一夜!折合人民币差不多是2900元,住一夜,一个中篇的稿费!而我一个中篇要写上三个月。这哪是我这种人的消费水平。虽然苏霏出的钱可以在这里混五六夜都毫不成问题,但也不是我的消费习惯。我犹豫了,出租车司机可能料到了我的必然处境,在门外等着。看着那司机向我这边张望,我突然想起,我电脑里有阿难的照片,苏霏通过电子信转给我的,我应该给辛格上校看,当时却忘了。这么前后一想,胸中有火,我抱怨起来:

"怎么旅馆都满了?"

"小姐你既然是来参加Kumbh Mela,就应当先订房。到这儿的外国人都在半年、一年前,订好了旅馆。"

"什么节?"

"Kumbh Mela,the Great Pitcher Festival!"

大壶节！难怪河岸那些旅馆连平台上都搭了帐篷，河岸上到处都是帐篷。火车那么挤，这个城市那么多人，都参加这个大壶节来了。我摇摇头："请讲仔细点，这是怎么一回事？"

他兴致一下来了，说了好久，我听了好久，总算弄清了。印度每十二年都举行一次昆巴美拉节，就在邻近的圣地阿拉哈巴德。相传印度教神明和群魔为了争夺一个壶大打出手，因为壶里有四粒长生不老药。壶不慎被打翻，四粒长生不老药跌落到印度的阿拉哈巴德、哈里瓦、乌疆和纳锡四地。之后这四地每三年轮一次庆祝大壶节。在这四座城市中，以阿拉哈巴德公认最蒙神明庇佑，是印度三条圣河汇流处。

这月9日开始过节，要过四十二天，七千多万人来，西方的老嬉皮士，好莱坞的明星，麦当娜呀，皮尔斯·布鲁斯南呀，还有莎朗·斯通之辈，统统在恒河中沐浴，洗去罪孽和灾祸。每个国家的电视台都来了，全世界都在注视！

我越听越生气，越想越恨自己：觉得真是莫名其妙，一头撞进印度人的十二年大节却毫无知觉。起飞前我一直没看报，埋头看佛经。到了印度后，成天与苏霏捉迷藏，专注过分，结果糊涂万分。大半个世界都知道的事，竟然蒙在鼓里，还自命私家侦探！

我这才明白了，为什么德里那个印度姑娘说阿难可能来此地，苏霏也猜中了我会投奔这个城市。只有孟浩是事先告诉我来这个地方。

好吧，是命运。

如果我闭上眼睛，烧一炉香，求助冥界的父亲，他也会手指恒河。虽然我实在不明白：上千万人共浴，还有什么罪孽的容身之地？

那男人在柜台内走了两步，双手放在柜台上看着我在气呼呼地沉思，也不打扰我，等我说话。于是我谢了他，说他待人不错，真有耐心。

他很满意我的话似的，带着感慨说："你来得正是时候，刚开始没什么看头，14日会有个小高潮，24日才是真正的高潮。不过错过9日开场真是遗憾，那天正逢月食，凌晨两点，人们扶老携幼前来，在亚穆纳河和萨拉斯瓦蒂河的交汇处集合，成千上万人涉入恒河里，水深及膝，好多人在凉水里起码泡了六个小时。"

这么说，我错过9日和14日，还有三天就是下一个高潮24日来临，运气也不坏。

那么辛格上校可能也是冲着昆巴美拉节，才从他的遁居地回到那幢房子。看来是我错怪他舍不得房子财产。他不像一个有危险的人，其他人也不是，在这神圣的节日期间，再贪婪暴虐的人也不想做坏事亵渎诸神，毁了自己几辈子轮回。

我提着行李回到出租车里，司机很得意地问："去克拉克大饭店？"

我想也不想地对他说："开回老市区，沙特街28号。"

已是晚上十一点，到任何友人家里都不合适，可辛格既然想做个"圣者"，我就不见外了。

敲门之后不到半分钟，门打开，仆人见我，什么话都没有问，就帮着提行李。辛格上校走过来，双手合十说："我知道你会回来，我一直在等你。"

第七章

阴凉的风,穿过珠帘进来。周身戴满首饰的女仆领我进浴室,浴缸放在屋中央,有个低矮的土瓦罐,粉红的荷花漂浮在水面,鲜嫩清香。她放好热水,点上蜡烛熄掉电灯,人却不离开。

一问,原来是在等我脱衣服。她接着我的衣服,三件套的旁遮比、乳罩、内裤。当着生人,虽然是女人,我还是有点不好意思,挽好头发,跨入浴缸。她静静地走过来,跪在地上给我抹香油,像服侍一个公主。

房间里熏了奇香,沁人心脾。我躺在宽大整洁的床上,被单薄薄的,非常柔软。这一夜我睡得舒服恬静,没有服安眠药,简直是个奇迹。

接近天亮,我听见房门被推开,半撑起身,发现自己居然没有穿内衣。旅行在外,一般都要弄件T恤什么的穿上,像这样赤裸着睡觉,绝不可能。这一天奔波累了，可能被香料熏晕，那香气具有催眠力，带我到漆黑的睡眠中，没来得及穿睡衣，就堕入梦境。

"你在看什么？"声音来自我身后。

我赶紧盖上被单，吃惊地说："你怎么在这儿？阿难。"真是太出乎意料。

他笑了，笑得很大声："我知道你正眼不瞧人，你的骄傲，天下闻名。"他坐在床边，他的脸我很熟悉，只是声音不太像，与一个人太近了，就觉得失真。

我说："我做梦都想见你，想不到我们这样见面。"

"是想不到。你比你书上的照片动人得多，也年轻得多。"他拿起我的手，"你的手也长得很美。"突然他停止说话，脸转过去。我抓紧他的手，我真怕他走掉。好奇怪，我对他而言，算是一个陌生人。苏霏不会这么认为，因为我还是一个女人。想想，一个总具有新鲜感的女人，对一位身处异国他乡某个舒适房间的男人来说，意味着什么？

她知道阿难会喜欢我，或者说他会诱惑我。我当然喜欢阿难，会让他诱惑，这是青春年少时崇拜的种子，经多年渴慕催动，长成致命的引诱之果。她让我来，就知道会有这样的结果。如果她爱阿难，她会非常难过；如果她真正爱阿难，她也许不会难过，她是一个不同寻常的女人。

阿难的手湿热，抚摸着我的头发，我的脸颊。我的心闪着奇异电光，脸发烫。他揭开被单，我赤身裸体，如卡杰拉霍寺庙的女神，体态婀娜，他如男神丰满结实，线条优美。不错，他在我睡着时脱光了我衣服，一想到这点，我突然竟像一个初恋少女一样害羞。

我希望我的丈夫走进房间来，他在这儿比较好。

千万别误会我想让丈夫嫉妒，不是这个用意，我只是想让他明白一点：除他之外，会有人对我产生超过一般朋友的兴趣，我也需要一个男人，需要一个他和我晚上一起上床、早晨一起起床，惺惺相惜，互相懂得，互相照顾。我这么想的时候，失声哭了，哭得很伤心，好像把以前所受的委屈和侮辱都哭出来似的。

亲爱的苏霏，我活过来了，在男人把我扔掉后，你看我还可以爱人，不在乎他爱不爱我，你也是，你甚至把我送到他面前。

绝对不是因为怕男人把我扔掉，也不是非要男人才能活，而是我孤独，无法单独靠近这个世界，这个世界也难以靠近我。

我竭力控制自己，挣脱阿难的怀抱，向他抱歉，也是对自己解释：在圣城哭泣也是一种沐浴，为过去和今天一切说不出来的东西。

我的身边突然围了许多披白头巾的人，离得最近的人是辛格上校的女仆，她拉着我的手，样子很焦急。我不知道原因，但感到同样的焦急。有人用一大银壶，里面盛了圣水，往周围的人泼洒，银壶转向我，冰凉使我打了个激灵醒过来。

我抓住女仆的手，她说："别怕，别怕，是大洗礼。"她的声音清晰起来，我定眼一看，果然是女仆，不过是在我房间里，我睡在床上，盖得好好的。

女仆说："你一直在哭，又哭又说。"

我坐起来说:"那你为什么不叫醒我?"

她说:"你没醒,我不能叫醒你,只能等待你自己醒来。"

刚才是一个梦,还是阿难真到我房间里来过?不可能是梦。假若是梦,梦里的一切,好像在提醒我,我希望早点见到他,真是别有用心。梦没有责任,梦者和被梦者都无罪。我甚至觉得应该把梦告诉苏霏,听听她的想法。

女仆说:"已经准备好你的早餐,在楼下。"

"辛格上校呢?"

"上校一日只一餐,只吃水果、喝清茶。就你一人用餐,不必着急。"

我"哦"了一声,问:"请告诉我,我能用房间里的电话吗?"

"我下楼去问。"

不一会儿她回来说:"上校说可以用电话。"她拉好头巾,提着漂着鲜花的水罐走了。

我发现自己除了盖着一条被单,真的一丝不挂。枕边放着洗干净的外衣和内衣,烫过,裙子裤子摸起来柔软光润,紫色偏深,接近靛青,裙边色泽深浅不一,穿在身上,有股薄荷味。

在走廊里,我本想去卫生间,却走错方向。想着刚做的梦,神情恍惚,用冷水洗脸才清醒了些,回到房间里,取出电脑。担心电不够,接上电源插座,边充电边启动。我先查网上的消息。

Kumbh Mela,各种报道,包括星云网的报道,都乱叫,什么洗澡节、宗教节、大壶节,我认为音译昆巴美拉节是最好,译义最俗,一向如此。更有甚者，说印度七千万人跳河！标题貌似搞笑，实则满是轻蔑。大洋网倒实在：主办沐浴节的印度官员10日说，这次活动为主办城市带来4.29亿美元的收入。

昨晚我想弄清楚这个节庆的诸般神妙，回到这座大宅子，洗了那个公主般的澡后，就迷糊了。那个女仆可能用了什么巫法，让我全身心放松，进入我的想象世界，不然怎么会梦见阿难？阿难藏在我潜意识里，一个永远未完成的梦。

带着情绪，我上了苏霏的"专访对话"室。我的手指飞快："我被绑架了。"

"没有人绑架你。"读到这回答，我可以想象苏霏不紧不慢敲打键盘的神气，"昆巴美拉节，谁想下地狱？"

"昆巴美拉节！你为什么瞒我？"我有种被愚弄了的感觉。

"我以为你知道，你能读到英文报纸。"

她倒打一耙，不过说得非常在理。她没有告诉我，百分之六七十是存心的，我想她另有道理。我最怕的就是：每个人都知道的事，就我一人蒙在鼓中。

屏幕上又有了苏霏的字："已找到辛格上校，对吗？"

"没有。"我故意卖关子。

"你在哪儿？"

"网吧。"

"怎么不找他？"

"旧地址已经无人。"

"能打听他搬到何处?"

"辛格上校遁世苦行。"

"地方名人,肯定能找到。"突然屏幕上的字句换成竖排,想来她有意让我明白她的语气:"千万千万,求求你。我茶饭不思,夜不能寐,抽烟加倍,只想一醉方休。"

苏霏从来没有用过这口气央求我,而且弄到茶饭不思、睡眠不好的程度,她戒烟很久,又开始抽了。吓了我一跳。以前她说年轻时赶欧美时髦,吸过大麻和比大麻更厉害的玩意儿,从来没上瘾,觉不出什么好处。也许是因为她从来没有这样情绪低落,我急忙写:"出了什么事?"

"我哀伤至极。昨天我终于明白了我的前世。"

这下轮到我大吃一惊。以前我始终认为苏霏有意打埋伏,步步为营,引我孤军深入。她在努力隐瞒我所不知的真相。现在看来她的确在香港那边同时展开侦查,与我分头进行。她真的分不开身,才让我做替身到印度。

"亲爱的苏霏,有人结筏,有人造桥,我愿是那筏也愿是那桥。"

"非常想你在身边,有你我心就不慌。"

"那你就到婆罗尼斯来。"

"现在不行,必须先找到阿难。"

"难道你的前世与阿难也有关?"

"就是。"

"奇了。你既然明白,我还能做什么?"

"阿难离你只一步路了。紧紧钩住他。"

"为何要钩住？"

"我已明知一切往事，难以支持。他若发现这一切，会身心崩溃。你要救他！"

我的老天，这个苏霏！听起来好像是什么家庭秘密被挖掘出来。这两个人在做什么神神鬼鬼的事？不然，就是苏霏有病，得了深度狂想症，精神分裂！正常时，她多么超群鹤立，人格魅力一等；现在不正常了，就会有意折磨她身边的亲人或最好的朋友。我听说过这种病，不过中国人神经粗厚，不容易生这种西洋病。

我并不以为阿难就在婆罗尼斯，苏霏的感觉有点过分。阿难哪怕的确在印度，也不会离我"只有一步路"：他怎么会在这儿过大壶节？他的性格如果没有变，那他绝对不愿随大流凑热闹。

苏霏要我勾住阿难，我不太懂她的真正用意。我有个奇妙的感觉，就是她只是想借我去做她做不到的事。究竟是什么，我就无法知道了。

苏霏说到自己的身世，我非常好奇。对我来说，她太神秘了。我和她的友情持续六年，也是不容易的，我有喜新厌旧的毛病，尤其是对朋友，她也是这类人。我们明白对方的重要，才故意保持必要的距离。

这个上午，她的语无伦次，不可能是假装。苏霏担心，阿难也在寻找身世，那么得先知道苏霏这个身世才行。

"请告诉我一切，让我为你分忧！"

苏霏吞吞吐吐了："死胡同里，一言难尽。"她打字真是快，"你今天抓紧打听，我们两边对证。我说得太像小说。我昨天发现的全部家世,刚用半个小时打好在此,一次传你。"

隔着千里万里路,我已经感觉到她急促的呼吸,她不是在开玩笑,我等着,不到一分钟,我收到苏霏传过来的故事:

昨天晚上六点多钟,母亲在家里浴室跌了一跤,倒在地上,昏迷不醒。出事时我正在中文大学开会,关了手机。直到上卫生间接电话时,才听到小妹的留言。急忙驾车从沙田赶往港岛,幸亏没有堵车。车子驶到湾仔,街上飘起雨。母亲有自己的公寓。继父原在银行工作,多年前去世。

我一个月和母亲通两次电话,除了问候,就是说些看了什么戏和电影。自父亲过世后,近两年母亲身体一直不好。两个妹妹都有自己的家庭,只是因为我事业太忙,她们照料母亲多一些。

苏霏赶到医院,反而松了一口气,母亲跌得并不重,没有中风,小妹说母亲当时的确人事不省。她挨着母亲坐着,抚摸着母亲纷乱的白发。母亲叫了一声苏霏的名字,老泪纵横。苏霏从来不流泪,也哭了,因为她从小到大从没有见过母亲掉泪。母亲说,她不会活多久,今天硬撑着,就是心里有一件事一直搁着。

"你父亲,我说的是你的生父——"母亲说不下去。

她一直知道,生父在我一岁时就得病死了。

"我不知道他还在不在,你原谅我吗?我没有对你说实话。"

"你是说我生父还在世上?在哪里?他是谁?"

当母亲告诉我生父是一个英国人时，我震惊了，要知道在这之前我一直是坚决的爱国主义者。1997年香港回归前后，我是坚定的回归派，《每日报》系统的报刊电视，严厉抨击末代港督彭定康。

没有想到自己竟然有一半英国血统。居然从小相信母亲，带一丝姜黄色的黑头发，是母亲怀她时吃了大量的当归。

因为恨英国人在香港当主子，苏霏一直拒绝用英文名字，上学时坚持用原名管书剑，中学时，每个学生要有英文名，心里恨恨地用了一个英文名字，但是依然化成中国式，不写成索菲，而是苏霏。后来她做记者发表文章也一直用这名字，姓来自江南，名典出《采薇》，今我来思，雨雪霏霏。

上面的文字不知道为什么有时用了第一人称，有时第三人称，叫自己苏霏，或许她是有意为之？语句颠三倒四，不过倒也看得懂。

我很少听苏霏说家人的事，她不说，我也不问。许多次到香港，只有一次见过她的母亲，老太太满头白发，五官端庄，气质优雅，笑得很含蓄。苏霏的书房里有她母亲年轻时的照片，短发旗袍，美色惊人。苏霏说她母亲能说一口漂亮的英文，看英文原著，至今还能背出来勃朗特姐妹小说的精彩段落。

闲话到此，我屏住气息往下读：

1939年第二次世界大战爆发，次年6月4日，英法在欧陆大溃败，在远东的处境也岌岌可危。1941年12月成立中英军事同盟。大批的英美外交人员、新闻记者、军事人员涌入西南。昆明一时替代了上海的繁华。

母亲是西南联大英文系高才生，才二十岁，人生最好的年华。

由于避战祸，全国文化人士纷纷迁移西南。演剧活动就多起来，最受欢迎的还是电影，那天南屏大戏院放映的是英国新片《煤气灯下》。当时外国片经常没有事前翻译，都是由一个翻译员手执一根教鞭，点着人物说台词。这天母亲看的《煤气灯下》的讲解员一开始就犯错误，坐在第二排的母亲直着急。

到男女主角发疯对吵时，那人翻不下去了。母亲与女同学干脆接过翻译，你一句我一句吵得欢。电影结束，放片尾音乐时，周围的观众一片鼓掌叫好。后排伸过一只手来轻轻敲她的座位，她回过头去，一看呆住了，是一个英国军官。他会说中国话，只是说得笨拙："你，真的可爱得很。"她急急忙忙转过身，脸都红了。

不料那个军官等在电影院出口，向她伸出手来，很绅士风度地说："我叫莫里森，再次遇见你，非常荣幸。"那是母亲第一次恋爱，迅速坠入情网。莫里森很快回到仰光。年底他专程返回昆明，与母亲在昆明的一家教堂匆匆忙忙举行婚礼，当天就带着母亲回仰光。

战事很快进入缅甸，莫里森所在的英国部队后来与中国远征军共同作战，抵抗日军，缅甸失守后退入印度。

母亲在印度1947年独立前一直在英军里当翻译，之后做家庭妇女。1950年夏天的一个傍晚，天气非常热，莫里森与她吻别开车离家去办公务，再也没有回来。母亲多方打听，官方说他被印度教派极端分子暗杀,当时印度局势极乱,尸首也没找到。

母亲本不喜欢印度,经此惨祸,悲痛欲绝,接到一个亲戚的信后,才决定到香港。到了香港后发现自己已经怀孕三个月了。母亲继续找莫里森,还是没有下落。这时母亲才同意了管先生的求婚,当时香港也可能解放,而莫利森下落不明,不知生死,他们决定不说苏霏的身世。苏霏长大后,他们更不好说清。

屏幕上是空白了。我再往下推鼠标,还是空白。苏霏的文字在不该结束时结束了,一种失落和迷惘罩住我。好像有什么东西哽在喉咙里,我叹了一口气,手指在键盘上打着:

"怎么上一辈和你这一辈都与印度有缘?都是男方神秘失踪。"我本想安慰苏霏,突然冲出的用词太刻薄,也不准确,阿难并不是神秘失踪,他与苏霏,是分手而已。

苏霏倒不在意:"抓紧时间,找到辛格上校马上与我联系。若没有带手机,你得立即买一个,事情越来越严重,不能再玩网上时髦。有了电话就告诉我。这几天我都不会上班,不是在家就是在医院。"

她已经施加几次压力,我还是不想用手机。旅行本来就是躲开现代科技,原本不打算带电脑,不如一条心清静,挣脱以前生活所有的束缚,只是为了两个目的才带上:一是写当前这本书,二是答应苏霏做网上游记。

我心情沉重。背有点痛,房间里没有桌子,我趴在床上摆弄电脑。苏霏在半小时里打了那么多字,手会不会发酸?

看手表已经是中午十二点十二分。我下了楼,仿佛苏霏母亲和神秘的莫里森的命运跟着我,还有那深入缅甸的盟国联军。

把日本人赶走了,本来可以过上和平日子,可莫里森说消失就消失。炎夏时分,披着头巾,苏霏的母亲到莫里森的办公处去打听,到他们的朋友家去问,到车站去等,她在雨季的印度发疯似的找他,如现在苏霏一步步索查阿难,找到的同样只是绝望。

季风一瞬间吹倒房屋、橡树,闪电的紫红瞬间布满天空,她身上的雨衣被刮走,一眨眼不见了,她倒在泥地里,不一会儿她又爬起来,继续找丈夫。她一身泥水,茫然失措,忍不住抽泣起来。暴雨如注,冲没了她所有凄惨的喊声,暴雨强悍,把她的身影推远到模糊一片。

我应该同情并帮助苏霏,她有一个英勇抗日的母亲,为抗日出过力的母亲。

不知道香港是不是在下雨?下雨的时候,苏霏的落地窗会打开,她喜欢让雨飘进房来,她说下雨时总会想起我。下雨时,她喜欢到楼顶的游泳池,一身黑泳衣,在一池蓝水里慢慢游,如同在水中世界散步,那时从不想任何一个男人。我相信,若这会儿她屏住呼吸潜入深水区,一口气游个来回,她心里一定在哭泣。她浮出水来,深呼吸时,挂着水珠的脸,坚强得太冷漠,难以分辨雨水和泪水。

如果她扶着梯子把手,爬上游泳池,用一条毛巾搭裹在身上,想起我时,我希望她应该有一点后悔:不应该让我到印度来,这件事变得太个人化，冒出的隐私太多。

一月的香港，不热不冷，新世纪与春节一道张灯结彩，一个已过去，一个没来临却在庆贺了。她说她喜欢这时节的香港。可香港是个离静心入定最远的地方，走在路上可能会有人跳楼，也有人开枪追杀仇人，墨西哥、阿根廷据说也常常遇见这类事，我只是在小说里读到一厢情愿的虚构。这儿是现实，是警事记录，完全不一样。南美可以把凶杀浪漫化，这儿凶杀比"港式"电影还血腥。

苏霏一到周末就从"没有文化"的港岛逃脱掉，坐轮渡到周边小岛会朋友。现在我明白，她经常坐船去的地方，是南丫岛，她别墅前的山坡上长满九重葛，红得发紫，长年不败。她是为阿难而去，哪怕再也找不到他了，她还是一次又一次去。

停电了，房间里点着一支蜡烛，她坐在回廊摇椅上，身影投在墙上。蔚蓝的海水浮出山峦间，是一面闪亮的葫芦形镜子。她整夜枕着海潮声，希望院子里响起他的脚步。

楼下很安静，辛格上校不在家。

我草草吃完早餐，实际已是中餐时间，装着无所事事在房子里走。房子比晚上看着大，楼上楼下一共差不多十二个房间，门廊挡头，天花板和柱子都有图案，或人像，或动物和花树，有一墙是两女一男双手抱胸的彩色浮雕，他们赤脚，不过有黄绿头巾、披巾，剥落大半了。厨房里有个半导体收音机，调频不准，杂音中有笑声，估计是印地语台在讲单口相声。

辛格上校不在房子里,也不在杂草丛生的花园里。我与苏霏网上谈话之前,女仆去问可不可以用电话,当时他肯定还在。

大概是为了逃避我追问阿难吧,就离开了。只有女仆在后园的石阶上洗衣服,厨房里有洗衣机,她却用一个木盆站着洗,系了根蓝头巾。

我走过去,问她辛格上校在哪儿?

她摇摇头,又点点头。

我又问了一遍,没用。不知她真懂还是假装不懂?

后院里有一只漆了一半的大鼓。花园里好几棵大相思树,十来只蝴蝶在草丛中飞舞。我回到楼上,准备自己出门。我把电脑放在床上,将阿难的照片故意调出来,做了特别处理,放到桌面作为屏幕保护画面。只要我走出房间,用不了多长时间就会有人看我的电脑。

肯定。我不相信印度人没有一点人类都难免的好奇心。

第八章

我面临一个十字路口：可以走向重大突破，取得成功，也可以走进死胡同。挑错一个方向，可能就空手而归。我几乎无线索可言，只有等候命运找上门来。

苏霏发现了她的身世，已如此震动。她认为阿难也在拼命寻找他自己的身世，"他会身心崩溃"。这话什么意思？苏霏知道一些阿难的今世甚至前世的秘密？完全想不到的秘密？她为什么不告诉我？当然，即使我当面责问，她也不会说，只是她的猜想。我只能把她的猜想当作潜在的危险，以防万一。

辛格上校不约而同出现在各种人提供的线索中：苏霏、孟浩，包括那个在德里偶然遇见的护士小姐，都指向婆罗尼斯的辛格上校。这是我的一个大胜利，我没有让任何一人知道其他人的想法，而是他们的信息互相印证。

身处一个神秘的异国，我不能盲目地跟着异国神灵走。

多年修道的辛格，应当喜马拉雅山崩于面前而不形于色。可他看见我的那一刹那，那种兴奋的眼光：我能肯定他的心没能完全摆脱世间俗事，至少某些他不想记住的往事，至今藏在他的心中。

他家中那几张照片！如果他想忘却，早就把照片收藏起来；如果他想瞒我，也能迅速取下。但是他不！那么，至少他不拒绝让我看到可能的线索。也许先悬着我，到他选定的时间才对我说。可能为避免我强迫他立即说明，索性又遁世苦修去了。

这种人无法找到，除非他有意让我找到。

苦苦思索之后，我依然不知道下一步如何行动。

早上上网竟收到孟浩一信，只有一句："到了关键时刻，可以再联系。"现在是否到了关键时刻？不至于。

苏霏今天精神看起来近乎崩塌，可能只是催促我。我不必按她的时间表行事。印度之行这本书，虽是她约的，毕竟是我在写。离高潮还早，我应当悠着点。

随便走走，或许会撞上我要的东西。整个世界都到了这里，有十万人拥入这个城市，许多人乘船于恒河上，慢悠悠逆流而行，用几天时间，两岸沿途风光尽收眼底后，到达阿拉哈巴德，那儿至少有几百万人聚集。大部分人涤罪后幸福地回去，也有人流连忘返，等着最高潮、最神圣的那天。

古城有一百多座河阶平台，这个下午能走多少算多少。我沿着河岸走上坡来,望下去,天气正值晴朗,恒河水位不高,可河面依然极宽,起码比我昨天在暮色里的感觉宽得多。

当地警察局的高音喇叭,有时候发出声音,好像在宣读什么注意事项。印度政府增派了几万警察,怕这么大的人群出事。犯罪不太可能,也得防止疾病,防止意外,防备不敬神的人捣乱。为阻止人们走进深水区,主要沐浴地段都用浮标划出了最远允许距离。

一群一群的人站立在水中,向东方朝拜后便浸入河水沐浴,男的只穿短裤,或遮一块布,那些苦行"圣人",平时就几乎不穿衣服,此时当然裸身入水。

女的穿了衣服入水,躲在水中把衣服解开,要偷窥都不可能。据说警察的任务之一,就是逮捕胆敢穿两片式泳装下水的女人。这个任务其实不难,只有外国女游客才胆敢做这种事,盯住她们就行。

房子半建在水上,漆得颜色鲜艳,有粉红也有深绿、浅绿,橙黄的神的塑像造型奇妙,大都夸大肉体性感美,女神的乳房硕大。印地文题铭弯弯扭扭,像诗意的图案,抢眼得很。

垃圾堆成小山丘,冒出臭味。左边一个石坡上,晒了二十几幅色彩各异的布块,我走近才看清是洗净了的纱丽,排列整齐。面前石阶上有一些小摊撑着伞,小贩用木勺舀一勺洁白的酸奶,盛入陶碗里。有两把伞架在河水里,围了一圈人,站在河水里喝酸奶。

对岸多是泥滩,很荒凉,像中国农村,有几个人影在动。如果不是印度人的说话声和脸型皮肤,我真以为一不留神回到山城。命运永远有它的不可思议和秘密,我总是能在一个陌生之地发现一丁点家乡。

这儿除了穷一点,脏乱一点,老百姓想挣旅游者的钱,看不见人打架争斗,人们好像并不想试一下其他罪孽。印度人一般不喝烈酒,喝啤酒就算出格的,有人悄悄问:"要酒吗?"神色和声调带着犯罪感,就跟别的地方问你是否要海洛因一样。

阳光到了一天中最好的时候。

我走下石阶,河边的人群里,有一个头上套红色花环的女人,漂亮得惹眼。她的花环像顶帽子,一头长发深黑,披在肩上。朱色长衫,像是寺庙里的僧袍。她转过脸来,向我递眼神。

这点我当然不会弄错,我能读出眼神,就像数学家解开密码。那女人从水里跨上来,水更加贴出她一对高耸的乳房。

我走向她,马上反应过来,这是在德里见到的那个女护士,那个脸上有两个酒窝的丰乳姑娘,那个能背得出阿难歌曲的歌迷,该是第一个让我到婆罗尼斯来找阿难的指路人。

可是她一步跨三级石阶,避开我似的,身后紧跟着两个短打扮的精悍小伙子。

我想也没有想就追了上去。

我怎么能上这样的当!我早就应当明白:异国他乡,就别想巧合。凡是运气太好,多半落进算计。

想到这里,我几乎要对自己吼叫起来。我拐过巷子,发现有一人紧紧跟着我。前面那三人奔上了石阶,后面出现了一个盯我的人,我对这种事情很敏感。

我们在婆罗尼斯迷宫的巷子绕着圈，一会儿在河边，一会儿到街上，他们衣服松弛，走得快，走得熟悉，走得沉着。我穿着印度服装，又是拖鞋，碍手碍脚。远近寺庙响着钟声，混合着教徒的诵经声。

我取下拖鞋，提在手里，走得快多了。男女老少似乎都喜欢坐在路边地上，坐在地上的人神情都满足而快乐，印度少年的眼睛特别清亮，很迷人。就在我一闪神之际，他们终于越出我的视线了。

我浑身汗淋淋，累得干脆坐在石阶上，拿出地图一查，这儿是马尼卡尼卡的河阶平台。

石阶上堆积着难以计数的木材，这儿的火葬场，尸体先用布包裹起来，男的用白布，女的用红布。工人们将木材堆叠在尸体上，由亲近的人点着葬火。没有人哭，死亡就是日常生活一件普通的事。一边是死亡，一边是沐浴净身，上面是烈火，下面是圣水。

火焰燃烧的声音轰轰响，一阵风吹过，热乎乎，像有骨灰扑打在脸颊上。我心里生气，一直跟着那三个人，怎么突然从视线里溜掉，盯我的人，怎么可能放过我？

我突然醒悟过来：明显地，他们要找我，而不应当是我找他们！我再一次落入那个女人的陷阱，我应该溜掉。

为时还不晚。

小渡口，船夫站在船舷上，拿着长长的竹桨，还有些人蹲在岸上，无所事事。船夫不断地吆喝："要开船了！"可小船里一个乘客也没有。

这一段河水混浊，河水就在房子门窗边。"上船，上船。"生意拉到我了。我一声不响就跟着下了河岸边。

就在这时候，我身后响起脚步声，他们到了跟前。没有那个自称护士的年轻女人，我看出围拢来的是原先在她身边的两个人，以及追我的人。

"中国女人，"那个跟踪的人说话了，"神说过，女人不该旅行。我们谈谈好吗？"他彬彬有礼，但是船夫明白他们是什么人，马上驶走了。

我被一连串不同的人连续审问，问的问题毫无想象力：出生年月，名字，假名，真名，地址，电话，工作地点，教育，父母，来印度目的，与什么人接触过，到过什么地方，现在住在何处。我不惊慌，也不会拒绝回答，干我们这一行，早就准备好应付这种场面。我的回答他们相信不相信，就不是我的事了。他们反复问这种事，是想抓住我前后不一的破绽。未免太小儿科，我应付自如。

房间算得上大，窗口也不小，亮着一盏长日光灯，地毯上有污渍，好多烟头烧坏的小洞。地方很像肯顿门区，虽然来的路上他们的吉普车绕着圈，我还是有点方向感。

换上那个追我的人，腰粗壮，鼻子又直又大。他不一样，直截了当地问："阿难是什么人？"

既然那个女人跟这些人一伙，我早明白他们会问这问题。

我反过来问："你们是什么人？你先说清这个问题。"

明显他是负责人,看出我不是个容易吓倒的角色。他皱了一下眉说:"我们是国际刑警组织印度分部,与贵国有合作关系。"

我说:"对不起,这与我无关。我只是一个中国作家,来采访昆巴美拉节,顺便打听一个唱歌的朋友。你们无权拘禁我,审问我。"

"谈不上拘禁、审问,我们是合作伙伴关系。"他打个手势,外面送进两杯刚榨好的菠萝汁。我口渴极了,接过来一饮而尽。他词语委婉地点着要害:"当然,这是在你没有触犯我国法律的情况下。"

"请问我犯了什么法?"我喘息着说。

"这正是我们要谈的内容,也就是我们劝你合作的原因。"

他把那杯没有动过的菠萝汁递给我:"请合作。小姐,过一会儿,我们上这里最好的餐馆,算是我们一点心意。"

我喝得噎气,没法说同意不同意,说也没用:对于软硬兼施,我只能装聋作哑。

他继续问:"苏霏,香港传媒界女老板,为何对阿难如此感兴趣,特地派你来找他?"

"对不起,我不认识什么叫苏霏的人。哪个国家的?澳大利亚人?"

那男人看看手表,大概明白跟我磨,太费时间。啪的一声将电脑屏幕转向我,上面是阿难的照片:苏霏传过来的那张。

看见我脸上毫无表情,他敲了几下键盘,立即闪出苏霏给我的信。

我一下子跳起来:这些坏蛋把我的笔记本电脑整个儿下载过来。他们一路截了我的电话和电子信?不对,肯定是他们进了辛格的房子搜查过了。我的电脑留在辛格家里,而且是打开的,也就是说,不需要密码就能看到一切,下载一切。我真是太愚蠢,太不防备,以为这个国家的人,真像幼儿园的孩子一样天真无邪!

看到我脸涨得通红,这个人得意地笑了。

"现在可以说了吧!"

"说什么?电子信是隐私,你们才违法。"我坐了下来,只说他们已经知道的,"苏霏是我的朋友,她也认识阿难。她关心我这次旅行,因为我是她报纸的作者。"

"不那么简单吧!还是说出来为好。"

"你们的中文翻译看得懂我所有的信,还要我说什么?"

他站起来,靠近我,在离我有两步的距离绕着椅子走。"告诉我信里没有写的事。"

"这是我不明白的事,你何妨告诉我?"

负责人终于走了,但没有放过我,有时一人来,有时两人。椅子坚硬如石,没有扶手,这么坐下去,我倒无所谓,只是我肚子开始饿了,隔一会儿就叫唤。审问我的两人好像都刚吃过饭,开门时,牛肉西红柿土豆混着咖喱,其味极香,有意给我刺激。

半个小时过去,胃隐隐作痛,变得很难受。毕竟这一天事情太多,吃了个早中饭,就在恒河边上忙乎。负责人又进来了,我几乎要向他抗议:让我吃饭吧,你们轮流吃,虐待我这个外国客人,很不人道。

我正要说话,有人在外面说了什么,只有负责人的座位前桌上的一个听音器能听清,是我不懂的印地语。

然后，他一声不响地关掉对讲机，好像早就准备好似的，站了起来，首先把一个边门打开，之后才恭恭敬敬地请我走出讯问室。

他既然领路在前，我只好跟着。

穿过两个空房间，是一个像机场贵宾室一样有挂画、有壁灯的房间。一排豆沙色沙发上坐着一个东亚人，侧面看西装领带笔挺，旁边有个小拖包，好像真是从飞机场赶来。负责人与之握手。

我几乎要为这个场面觉得好笑，这才看清那个东亚人，不是别人，就是孟浩。

孟浩没和我说话，就拖了包，递眼神示意我跟着他走。那个印度警官倒是很客气地说："小姐，希望不久我们有机会再见，我们做东。"

我走出去，心里七上八下，这些印度警察给我捅了大娄子。

我和孟浩走到外面，也没有说话。这并不是一条大街，两面楼房阳台或窗口晒着乱七八糟的衣服，挂着拖把扫帚，不知为什么国际刑警要设办公点在这里。街沿上有垃圾桶和废纸盒，显得和刚才楼里的严肃很不相称，街面只够两辆轿车进出的宽度，若有一个卡车肯定会堵住。旁边有个铁门，像个停车场，有个小伙子守在铁门前。

孟浩走到街口招呼了一辆出租车，他将行李放在前座，打开后车门，我钻进车里，他也一步跨入。

一路上他脸色铁青，我当没有看见。出租车经过了昨天我到达的火车站，往东北开了没有多久，就停在一家餐馆前。我们下车后，孟浩为我推开餐馆门，扶住门把，非常绅士。这是他的习惯，他总是周到地为任何女士拿包,撑雨伞,安排座位,可是今天他没有必要对我如此客气。

侍者寄存行李时,我和他依然没有说话。他不说话,我也不愿意说。明显他为我的事而来,说不定一得到通知,立即设法飞到德里或加尔各答,再转印度国内航线赶过来。亏得印度与北京有两个半小时的时差,正好在我快要饿坏的时候救出了我。

我不知道印度警方说了什么,给我什么罪名,也许根本就没有罪名,不过是想在中方代表没有到达之前,从我嘴里打听出任何有用的情报。但我没有给他们提供任何有用的东西。

这点孟浩想必也清楚。

我的电脑被他们看了,所有的地址被复制了一份,可能就是在上面发现孟浩的地址,他的新邮件,我没有双重清除,他们就直接联系上了。这是我理亏之处,我等着挨训。

侍者热心地请我们上楼,边走边介绍,听他口气,这餐馆有些年代了。楼间的装饰是神话传说,一色木刻画。侍者在我们中间,正好阻隔了一下我们各怀心思、不言说的尴尬。

一个舒适而自在的包间,我们脱了鞋,两人相对一张矮桌子坐在卧垫上,喝着侍者端来的热茶。孟浩对着菜单点菜,很久没听他说英语,挺顺溜的,肯定比我用功,令我佩服。正对面桌子有一面窗子,镶了包金的花边。若有望远镜,就可确认窗外朝着恒河的哪一个台阶,稍一侧身,可以望到对岸那一大片泥沙滩。

从这方向看傍晚的婆罗尼斯:底处的天色橘黄,接上去是淡蓝,加了泉水似的蓝,再往上是蓝,深蓝一片,浓得可以挤出泪来。阿西平台那些哥特式的塔楼,那些佛教祭台,印度金身神庙,杜加女神庙,那些从平台升起的一缕缕袅袅白烟,那些河边的古树,飞着的鸟,停泊的木船,正在行驶的木船。

河岸石梯上一个五六岁的女孩,提着篮子,里面装着鲜花蜡烛,一小碟一小碟,上面印着古老的婆罗门文字,她认真地划燃火柴点亮,鲜花蜡烛带着祝愿,漂入恒河。

太阳西沉,那一切渐渐成为泛黑的剪影,一个个相互重叠或独立肃穆。我只在西藏看见过类似的图景,只在死亡的那一头,比如我的父亲死亡那天,看见过这样摄魂的图景。

烛光点上,玛莎拉豆沙上来,清蒸米糕烤鱼也上来,老板专门拿来两副银刀叉,照顾我们是外国人。老板请我们原谅,这个餐馆没有备着筷子。

"都可以,都可以。"孟浩对他说。

"我们从小有用刀的训练,"我也对老板说,"刀法精湛。"

老板以为是在暗示功夫剑术,脸都白了。

孟浩被我的幽默弄得微笑起来。他不愿意说正题,就说起印度菜来。

"因为气候更加炎热,南印度人口味重,嗜好刺激性的食物,并且越刺激越觉得好。相比南方菜,北印度人,口味就清淡多了。"

我喝了一口冰水,感兴趣地看着他。

"信不信？世界超级美味之一印度菜，享受它有35%来自嗅觉，35%来自味觉，其余30%来自视觉、听觉和触觉。"

"第一次听数学品菜，受益不浅。"

这句话说得不好，两人又归于沉默。我和他没有像今天这样别扭过。结果，菜剩下一半。侍者端来温热的柠檬水，让我们洗手去油，还有一小盘香料冰糖。我捻一小撮入口，细细咀嚼，满口芳香，比口香糖清爽。我让孟浩也试试，他不愿意，说受不了，香料少吃还行，多了受不了。他要了甜点和一个果盘，两杯大吉岭茶。

等到我们都解了饥，对着一桌子的餐盘，无法再不说到正题。孟浩只会在电子信上抒情，当面说出的话，哪怕不是今天这样的场合，也不会带任何华丽辞藻。他是一个典型的新型技术官僚——如果你把文学也当作一种技术的话——效率极高，任何混乱局面，他一下子就能抓住要害。

"好吧，说正事。"他一脸严肃说，"这些印度人没有找麻烦的理由。"

我松了一口气。听他的口气，我没有任何错处被抓住，没有给他带来麻烦，这就好。

"他们监视你，因为中国人太暴露，你更加惹眼。"

我耸耸肩：我依然没有任何错。不过我开始回忆一路上，除了那个自称是加尔各答护士的女人，总不至于那街上的音乐招贴也是陷阱，那些帮我找地址的人也是特工内线？那女人有阿难的中文签字，我认识那不是假造的。还有多少人可能是警察局密探：火车上的兄弟？旅馆里侍者？是不是辛格上校本人也是警察局探子？想到落到别人的罗网里，我不由得对自己生气了。

"你让我来的。我撤回就是。"

我这话，的确不该对上司说。孟浩尽量控制自己，慢慢说话：

"他们与此事没有直接利害关系，只是借合作的名义，想知道一点底细，看看今后有什么可以讨价还价的地方，在我到达之前不久才拘禁你，算是给我一个面子，应我方请求，放我们的人。"

这群卑鄙的家伙！我说："我什么也没有告诉他们。"

"你也没什么可以告诉他们！"孟浩很不客气，"你参与这个案子，已经有六年了吧？多少次派你到香港，查黄亚连的踪迹，你却让他跑了。"

"没有让我逮捕他，我还能锁住他的腿？我到现在还没能见到此人。"我也开始生气了。这案子束手束脚的地方实在太多。我几次申请让上面另请高明，最好是孟浩自己来做。都因为我与苏霏处得太好，孟浩主持的这个小组要把我留住。

"好吧，你没有明显做错的地方。"孟浩松开一把，这是他当领导的技术，"这次不能让他再跑了。这个案子到了了结的时候：国内的账，基本也有了个眉目，资金肯定转到每日集团，可能从那里又转走相当多到欧美。"

"那还有什么办法？"

"应当尽快逮捕黄亚连，递解回国。印方同意在我们通报后代行逮捕，这些手续我来处理，你不必过问。"

我松了一口气,这个案子让我几乎没法继续我的"业余爱好"——写作。我问:"先得找到他?"

他点点头,看见我瞪了他一眼,又添加说:"看来这次可以锁定他。辛格上校是他的亲戚,究竟什么亲戚,尚不清楚。但是1951年,是这个辛格上校送他到我国驻新德里大使馆,说他是个中国孤儿,应当送回国。这点从档案里查出来了。"

"这不能说明问题。"我抗议说。

"印方似乎了解更多的情况,所以他们搜查了辛格上校的房子。黄亚连的情妇怎么说?"

我拇指和中指不自觉地在桌面上弹了一下,我不喜欢"情妇"这个词。我讲了情况:"苏霏从昨天起非常着急,说刚发现自己是半个英国人,非常感慨。"

"什么臭商人!知道她是半英国血统的人多的是,难道她自己会不知道?此人开口必撒谎,没一句实话。谁都知道她有专职司机,还有私人豪华游艇,还好意思说她坐什么轮渡到南丫岛?"

"我当然明白她是放一点水给我。不过她很焦虑,认为阿难一旦找出自己的身世,会受不了。阿难会有什么身世呢?她可能还知道什么,但没有说,一股劲儿催我赶快行动。我今天就得向她汇报进展。"

"好!着急了,鱼和网靠近了。"孟浩拍了一下桌子,兴奋起来,"苏霏自己不敢来,怕被一网打尽,又不得不请你到这里来,只有你能代她处理。这证明阿难在印度的情报不是假的。"

"阿难的身世呢?还要打听吗?"

孟浩干二脆地说:"我们对此人的身世不感兴趣。"他补充说,"我们是抓他的现行经济问题。"

"不打听,怎么摸到他的行踪?"

他想了一下,一板一眼地说:"你的主要任务是找到黄亚连,以便逮捕,引渡回国。其余的事,服务于这个主要目的。"

第九章

我对印度之行的必要性始终怀疑。如果我们在追的,是在逃的不法奸商黄亚连,他根本不会到印度来,没有任何理由到这里来。

我们应当到灯红酒绿的拉斯维加斯去找他。根据他俗中取雅的狡猾本性,欧洲的蒙地卡罗可能性更大。就找那个赌注下得最大的、一掷千金的、一夜赌掉几百万美元脸还在含笑的东方人,那永远独一无二的人,准就是他,直接让西方刑警抓了。

然后呢?当然打几年的官司,依然不会引渡,很简单:他有钱请律师。欧洲人不愿看到任何人被处死。

另一种可能,假使他苦海回头,以苦修忏悔认罪,那就到白雪覆盖着火山口的富士山,或西埃拉山雪谷中的禅寺去找,他本性喜下险棋,深谷悬崖多的地方可能性大些,那就听他一边诵经一边忏悔吧。

按我这样的分析,这次来印度就显得莫名其妙。我认为孟浩的命令,只是上了苏霏捕风捉影的当。来了之后,却感觉水底真有鱼影晃动。

人都有职业习惯，我也有职业习惯，就是临事不慌。离开了工作现场，我只不过是一个普通又普通的女人，甚至更糟：一个女作家加女诗人，十足的情绪动物，会为男女情事感动流泪，也会为人生无常而起叹中夜。情绪好时，天地生辉；情绪不好时，日月无光。

以前叫作"小资产阶级个人主义者"的一切特征，在我身上放大，成为我正常性格的一部分：就是说，如果我全天一切正常，肯定在半夜不正常，想到如此活着，还不如死去。这话换一个说法，就是我不会全天处于执行任务的状态，我必须松弛一下，当我回到家里的时候。

可惜，万事好求家难求。我想成为我自己也难。有一次丈夫从盥洗室门口，看见我在电视机前流泪，好奇地问："你在看什么？"

我赶快关掉电视机，可他已经看到了。

"看这种黑白煽情电影？就一个县的小干部做过点好事，就能感动你？"他手里拿着牙膏，满嘴泡沫，不相信自己的眼睛。

我不言语，想打开门走开。

"等等，"他好奇起来，"究竟你哭什么？"

我来气了："哭人间一切苦，难道不值得为一个好人的死而哭？"

他耸耸肩膀，回到盥洗室去，心里恐怕对我更不以为然。他之"著名"教授，当然是所谓精英。往好里想，他认为那种小干部，解决不了中国人的小康问题，他们这一代做得更成功，不必要对这样的怀旧电影动感情。往坏处想，不过我不愿意平白无故把人往坏处想，包括我的丈夫。

其实我流泪，与这种政治代沟没有关系。释迦牟尼很明白，他认为"有情"最苦。

六年前，孟浩没有费什么力气，就把我拉进他的特殊工作小组里。他了解我，可以说他利用了我的感情，他知道我最恨那些给人民大众带来苦难的官僚奸商。

那是一个下午，孟浩打电话给我，说希望我有时间与他吃一顿饭。我对吃饭没有兴趣，就对他说，若愿意，可上我家喝喝茶。

他说那就下午四点见。

他准时来，坐下之后，直接说明来意。

我告诉他，我完全不是做这种事情的料子：007电影里的女特工有什么，我就没有什么——我既不会拳脚，也不会撒谎，还感情用事——太容易同情别人。阿加莎·克里斯蒂小说里女侦探的智慧，我读一百遍，也学不到半点，我完全缺乏这种机关算尽又能冲出重围的头脑。

"你最适合做这工作，"孟浩说，"你做事认真执着，这才是重要的。"

这话可能不错，我唯一可以与她们比的是我做事认真执着。我还是摇摇头，傻侦探只配演三流喜剧。

"给你看一些材料，你就绝对不会同情黄亚连和苏霏这种社会蛀虫、犯罪分子。"他从包里拿出一个大袋子递给我，然后走到阳台上，拉上阳台门，点上一根烟，背对着我，看着楼下的花园。

我静静地翻看了几份调查报告，整整半个小时，越看心里越沉重。

直到孟浩重新坐回他的位置，我才问："都是真的吗？"

"不瞒你说，这是调查中的案子，不能肯定说每一件事都能坐实。但是你自己想想，会全部是假的吗？"

"你是说无商不奸，凡是发了财的，都是为富不仁？"我疑惑地说。

"我们不关心仁义，只管违法乱纪。你应当帮助人民查明白——这是每个公民的责任，也是为人的良心。"

他说他迫切需要一个女作家，这人得与香港出版界关系比较深，跟苏霏本来就认识，不会引起怀疑，同时又比较可靠，不会见钱开眼，被百万富翁的生活方式拉下水。他还说，多年的观察，证明我具有这些品质。

"偏偏我最不合适。我爱才，你知道我崇拜歌星阿难。我会容忍他的缺点。"

"我们不管艺术家歌星的事，这些人总有点小岔子可找。我们管国计民生的大事，你明白这中间的区别。"

他讲出来的"错话"，反而让我觉得他有人情味，不是一个没有喜怒哀乐的纪检特派调查员。他就是要找我这么个纯文人，来给他的纪检小组提供一点情报。说实话，让我弄清黄亚连的事，我恐怕做不到；让我弄清阿难的事，我心中隐隐有兴趣，既然艺术家的"岔子"会得到原谅，那么我也没有背叛阿难。我半心半意地同意了。

孟浩说其实事情不多，不会妨碍我的写作。我只是帮助纪检组工作，只与他单独联系。在执行任务时，注意安全。他强调："这些富商集团，心狠手辣，会狗急跳墙的。"

听了这话，我心里只是一笑。

这几年，我到香港若干次，本来我在香港就有文学活动，不足为奇。苏霏来北京的时候，我们见过多次，我陪她走过几个大城市，也到过一些风景地。她待人接物有教养，从不珠光宝气，她对我相当大方，自己用钱倒知道节省。

她不像孟浩说的那种有多少位数字财产身价的暴发富婆，找出办法烧钱炫富。尽管主持好几个公司企业，多少部下仰看她的脸色，但她一点也不刁横霸道。

我提醒自己，苏霏这一切可能是装出来的，也许她早就识破我的身份，也许是真不知道我是什么人。

就拿这次印度之行来说，我就猜不透她是利用我的无知，还是借用我的身份。

黄亚连的突然下海，是从海南岛开发开始的。那是二十世纪八十年代中期，他的案卷上是这样记载的：黄亚连一到海南，马上开始用门路借款投资房地产，他看到百万大军下海南，个个都认为自己是狂发的新富，个个都要摆出场面，立马要最大最好的房子，而海南现成的只有简陋的招待所和居民公房。房子价格一路狂升。当时公司买的地还没有画图，就有人包买房子。每一个来买房子的人都不讨价还价，合同一签，就微笑地从随身带的密码箱捧出大把现金。

1993年初，正当写字楼涨到一万元人民币一平方米，整个海南像过节一样每晚庆祝暴富,黄亚连却把他手中拥有的房产全部卖出,突然从海南消失。当时很多人认为他胆小,不成气候。一个月后,海南走私汽车事件暴露,繁荣气泡顿时破裂,房价暴跌。整个海南开发,像许多漂亮房子一样,成为一个"半拉子工程"。

那时候就有人开始说黄亚连是靠了著名歌手的名字结交银行经理,给他们高达20%的回扣,双方慷慨,钱像流水来回转,他做的是无本生意。此后,他又靠着与几个利益与共的高干子弟的关系,事先知道了海南开发将触礁,没有像其他人那样,资金永远套在水泥柱里。

我则认为,他的性格就是不留恋,提到第一桶金子就走。他不会有兴趣在海南这种地方缠斗。

黄亚连利用这笔资金,在南方成立了飞翔集团公司,分设若干子公司,投资化工产品、药品、房地产。一开始,飞翔集团的账目就极为混乱,母公司与子公司的分合不明,资金可任意游动。尤其是这时期飞翔集团获准进入香港,与东南亚某富豪家族联合投资每日集团,取得三分之一股份。苏霏就是在飞翔的支持下,获得副总裁位子,开始进入香港与海外的电视业、网络业。

苏霏的间接投资,与黄亚连的飞翔集团关系错综复杂,其中资金的频繁转换,已经引起税务部门注意。纪检部门得到的大量消息,指向更大规模的灰色经济活动,牵涉了南方一滨海城市相当数量党政干部巨额受贿。举报信本身不足为凭,立案需要更多实据,孟浩这个调查组迅速成立。

说到这里,孟浩苦笑了一下:"就因为我曾经做过文人梦,上面认为我比较适合调查这种'文化事业'。我却一直认为报刊之类文化事业，好像在牟暴利，其实只是黄亚连门面上的事，真正赚大钱的是地产和走私。在香港回归，与内地经济关系迅速变化时，许多事情，只能靠敏感的私人关系。"

为什么别人做不到，黄亚连做一桩成功一桩，比他自己料想的都要神速几倍地成为巨富？有人说黄亚连能站着睡觉，精力过人，无所不能。

孟浩认为黄亚连与苏霏，以儒商形象，所谓优雅趣味得分很多。也正是因为这个原因，办案小组需要文化圈的成员。

中国的新富，所谓新型企业家，文化水平大都太低，靠大胆赌运气，靠外国名牌衣装汽车打扮自己，举止谈吐俗不可耐，饭桌上比赛浪费，进出比赛排场，室内装修堂皇得像宾馆，或繁复得像京剧舞台。

可黄亚连依然是落拓不羁的艺术家派头，他在全国七八个城市，每一处置了一栋别墅，像画室一样素壁，家具线条简洁，地上铺青石板，东方味古朴十足。在房地产开发中，他也开创高雅品位精装修的新潮流，高薪聘请当今世界三大设计师之一岛崎来压阵，风格在入禅与先锋之间。

干部队伍学业较高，修养较好，有不少是喝过洋奶的"海龟派"。他们讨厌大部分新富恶俗，结交黄亚连和苏霏是时髦，既享尽舒适，又格调高雅，比较安全"正派"，等他们明白过来，已晚了。

据说，黄亚连训手下几员铁杆大将原话："除了武器和贩卖人口我们不做，其他没有不能做的。钱财，加色相，加吹捧，没人过得了这三关。"

黄亚连从不出面做这种事，也从不把有关干部请到自己私人别墅。外人从来没有看到他和什么女人在一起，跟他交往的人都觉得此人大度豪爽，有"贵族气质"，不屑于偷鸡摸狗的黑道方式。

调查组多数人认为，这只能证明黄亚连的狡猾，他的附属公司，对俗气的下属刊物，严格要求承包利润即时回笼上交，不然不给下一轮资金，催还债款，毫不留情。他的方式，看起来有点像私人银行，不问具体事务，只能负纵容责任。

也有人认为，走私所得，大部分上交，足以证明黄亚连策划指挥走私：黄亚连不会糊涂到不清楚大笔资金的来路去向。明显违法交易，可就是查不清。

香港传媒界一直在说，黄亚连和苏霏，与若干东南亚家族财团一起，想走日本SONY公司收购美国哥伦比亚电影公司的路子，买下米高梅电影公司的大股份，而米高梅电影公司标价基数就是70亿美元。

对此，孟浩态度坚决，他几乎咬牙切齿地说："我就是要揭穿黄亚连假装儒商的画皮！"

我接受任务前，不知道那个有名的暴发豪富黄亚连，就是从乐坛消失的阿难。也许我心里不愿意把这两个名字联系在一起。据说黄亚连经常在香港，也有人认为他常走加拿大、美国，在那边留后路。孟浩给我的任务，就是要知道某时某刻此人身在何处，给他记流水账。

猜想记账的人远远不止我一个人，我得到的明确情况实在不多，甚至心中常怀疑苏霏是否真是"黄亚连犯罪集团第二号人物，主犯的情妇"。

苏霏给我的印象是不会爱上男人，做戏可以，不会真正动情。她也不可能是同性恋。我与她旅行，有时不得不住一个旅馆，有时只有一张大床，不过是躺在床上静静地说话，可以说一整夜，身体也没有靠近对方一寸。只有分别时，实实在在地拥抱，像男人那样情义深藏在内心，表面上还是笑着道别。

一句话，我们两人都欣赏对方，这在女人身上极少见。

我不止一次想过，苏霏心里一定有一个禁区，也是一个伤口，而且很深，别人碰不得，走不近。她少女时代在一所英国人开的住宿学校度过，她说过，那些英国的女同学男同学都一样，没有欺负她的事，却对她视而不见。

快上大学时，有个英国男朋友，那是第一次恋爱，她把那人扔了。以后她的恋爱从来不会长过一个月。做记者后就再没有恋爱，只交朋友，朋友滚雪球，越来越多。说到私人生活时，她总是模模糊糊，跳跃性很大。

阿难不在那个雪球里，他是苏霏生命的转折——至少苏霏这么说。我从来没有看见苏霏与阿难在一起，或从她的住处发现一点点蛛丝马迹。经常听苏霏说起阿难，是同一个原因：我们都喜欢阿难的音乐，这属于我们两人独享的一份秘密。她总是评这个那个歌星不够格，"那些人不行，还是阿难第一，阿难拿吉他，吉他才叫吉他；阿难拿大提琴，大提琴才叫大提琴"。

我想弄清两人的关系究竟如何。调查报告说，经济上他们看来利益难分难解，感情却无法数量化。

她喜欢说阿难，我反而认为阿难其实没有与她生活在一起。我向小组提供的情报，也就是苏霏提供的假情报。不过不说实话，或许是她对付任何人的策略。

但是三天前苏霏承认阿难曾经长期住在她的南丫岛别墅，虽然住了多久、具体什么时间仍不清楚，不过这是第一次我有"探身虎穴"的感觉。很惭愧，不能不说我这几年与苏霏的接触，一直在云里雾里。

的确没有任何明确贡献，只能让孟浩明白苏霏的撒谎，必有重大隐情。

究竟先抓黄亚连，还是先攻破被腐蚀的干部？不久前纪检小组正在争论不休。一个半月前黄亚连从香港失踪，没有任何人再次见到过他。他有罪的嫌疑得到印证，一个无罪之人不会自愿失踪。在这之前，我只负责探听苏霏那一头与黄亚连的联系情况。黄亚连的失踪，突然使整个调查的重心落到我的身上，孟浩要我到苏霏那里去摸清楚。

我正要动身去香港，苏霏奇特的印度邀请，给我们的工作指出了一条路。黄亚连到了印度这条情报是否可用，有个前提，苏霏是否会给我真实消息？我个人的感觉是百分之五十真的。苏霏，以及黄亚连，未必多年来不知我的底细，至少怀疑过我。

这突如其来的印度之行，让我有一个直接探寻阿难的机会，我也突然成了这个小组第一线人物。我接到苏霏的写书"邀请"后，让她稍等，我请示纪检组，纪检组照例得研究一番，可孟浩考虑再三，决定不再汇报请示，当机立断命令我回复苏霏：同意马上出发。

苏霏说有趟班机从香港到德里，中途只停两个小时，等于直飞了。我拿起行李就上了路。中国并没有开通直航飞印度，都得转机，等好几个小时，运气不好时会折腾十来个小时。苏霏安排了一切，让我迅速而不累。

我明白关键时刻到了。

看上去所有当事人都着急了，不再装出事不关己。他们都知道一些我不知道的秘密，其实我不想知道太多的东西，不知者无罪，我并不想让黄亚连永远覆盖阿难的形象，这是我的一点私心。

当晚十点，我回到辛格上校的家。这儿似乎一切依旧，没有任何变化，客厅过道点着灯，他的仆人把我当作这个家的人，就这点，我得感谢辛格上校。没有他的吩咐，我绝不会得到这种款待。

如我所料，辛格上校不在家，倒是多了两三个仆人。我在厨房倒一杯矿泉水喝，他们从花园里进来，像是在收拾花园的杂草，这么晚收拾花园？这些人，昨天和今天我都没有遇见过，是生面孔，也不知他们住在房子的哪个角落。

我顺楼梯走，女仆在关客厅的灯，她穿了一件枣红的纱丽，步履轻盈。一切井井有条。接近我的房间，我有一点紧张：天知道那些印度警察把那儿弄成什么样？

我稳了稳心情，才推开门。

电脑依然在床上,连被单都没有多一条褶皱,屏幕上依然是阿难的那张照片,连鼠标上有一小白点改正液都在,跟我离开时完全是一个样子,看来印度警方做事情还挺行家。

行李箱有保险锁,他们想检查的话,难不倒他们。我不必查看箱子,里面没有什么重要的东西,只有换洗衣服、化妆梳洗用品。我的通信地址都在电脑里,这次旅行的有关记录,当然也在电脑里。

我坐在床边,马上拉过电话线上网。若询问辛格上校家里的仆人,是否有警察来过,他们不会说,辛格上校哪里去了,他们也不会说。事实上,如果他们能说什么,说的任何内容,我也不能相信。

我根本不想问。

直觉告诉我,他家的仆人里,一直有警方的耳目,但不是盯辛格。阿难出现在印度后,印度警方关注此事不止一天了,不然怎么会到德里去勾我?我手触一下键盘,屏幕上马上跳出了"报告":

"你有新的电子信,时间:下午7点46分。"

下面还有一条,时间早一些;下面还有一条,再下面还有一条。苏霏是急坏了。我进入信箱,信大同小异,一封急过一封:

"请告你的手机号码,立即打开。请告进展。"

"告诉我情况,请你。"

"有消息吗?望告。"

"无论如何马上联系。"

"如何?甚为担忧!"

"请立即电告!"

"请你了！求你这一次了！"

"再不见你信，天就垮了！"

看见苏霏这一连串惊叹号，我心里很不好受，虽然我自己一肚子冤枉。对任何人，我都不会这样残酷无情，我从没虐待狂的心态。我马上打下一串字：

"在外一整天，望谅。"

仅仅几个眨眼的工夫，屏幕上跳出两字：

"辛苦。"

我抢先一步："无新消息。"

"你此刻在哪里？"

我无法撒谎，比如告诉她我住在旅馆，怕她要电话号码之类。我想了一下，回答："我住在辛格上校家里。"

"太好！"

"辛格上校消失。"

"怎么？"

"我也奇怪。"

"家里有其他人？"

"有几个仆人，均一问三不知，看来奉命闭嘴。"

有一分钟之久，苏霏那头没有反应。好像是在思考。

"能避开吗？"她问。

"避什么？"

突然苏霏转开题目："用电话吧，电话费我付。"

"知道你不在乎钱,"我写道,"我们有约在先,还得遵守。"

苏霏吃了我一个钉子,然后问:"请查一下辛格上校的东西。"

这是苏霏第一次提出如此莽撞的非法要求。我不能马上接受这种命令,我得装聋作哑一番:

"查什么?"

"请你翻看一下他藏文件之类的地方。"

"找什么?"

"任何与阿难有关的东西。"

"例如?"

"车票、机票、衣服、鞋子,任何阿难来过的痕迹。"

我回答:"你知道我不是真侦探,不专业是次要,而是会把事情弄糟。"

"求你了。至关重要——对阿难来说。"

扯到这时,好像没有理由坚持扮演良民。苏霏让做的,实际上也是我早该处理的任务。

"既然你要求,我遵命。一个小时后联系。"

我披了一件衣服,赤脚走在过道上。上网二十分钟不到,房子里的灯全关了,楼上楼下黑寂得可怕。难道那些仆人全都睡死了?温度降了十一度半,冷冷的。风刮着花园的树枝,偶尔有猫头鹰叫,证明这地方是活的,我在一个现实世界里。

阿难不会来这儿,如果这是警方早就注意的房子,我不想告诉苏霏此中情况。

这个大房子，两层都是老式木地板，十二个房间都没有上锁，柜子箱子也没有上锁，不必防人，仿佛任何东西都不怕人看。有的房间有桌子和床，蜘蛛网盖着一些旧衣物，不值得翻，大部分房间几乎都是空的。最后我推门走进一个窄小的房间，没有灯，我打开手电，仍没有家具，窗帘垂下，靠墙堆了些书和木箱子，灰尘很厚，许久没有人进来过，这里至少可以搜查一下。

怕是惊扰房间里的幽灵似的，我站着半天没有动弹，然后才轻轻关上门，走到墙角。我蹲在地板上，为了看清书名，我拂了拂蒙在书上的灰尘，印地文，看不懂。再拿起一本，还是印地文。

突然一沓纸片掉了出来，是旧报纸的剪报，摊在地上，大大小小。

我拾起来，凑近手电光，看不懂文字，可是报纸上的图片，一圈军人中有两个人我认出来：健壮的一个是年轻的辛格上校，高额头、高鼻梁，黑发浓密，很英俊；另一个长相略显斯文，是楼下客厅照片上的那个中国人，穿着军装，他的眼睛炯炯有神。

天哪！我差点失声叫起来，另一个人也有这样的眼睛！

我赶快跑回房间，全身是灰，拿了毛巾和衣服去浴室，洗了个热水澡，算是结束了这一整天的忙碌。回到床上，疲倦得昏昏欲睡，还是上网给苏霏打了一行：

"仔细查过了，没有任何阿难来过的痕迹。"

苏霏的回应马上出现了：

"没有其他中国人的痕迹？"

这个人呀，真能熬得住肚里的话。她问的当然不是孟浩或调查组的人，哪怕有所知觉，也不会问。我想起了楼下那墙上的照片，明显是几十年前，半个世纪之前的旧物。如果这也算"其他中国人"，那不妨用来挡一下：我对苏霏心里隐隐有点歉疚，想一下她对我实际上很不错，夜已深，她眼巴巴等我的回话。我对她真不够朋友，朋友应该有难共当。

她不是我的朋友，应算是我的敌人。孟浩经常这么提醒我，朋友是朋友，真理是真理，混淆不得。

"辛格上校家里好像有一幅老照片，上面有一个像是中国人，青年军官，当年'国军'军装。"

"照片里还有什么人？"

"旁边是一个印度女人，很漂亮。"

苏霏沉默了好一阵，在想什么。她一沉默，我警觉起来，我把昨晚和今天晚上看到两张照片印象重合了。回忆一下，报纸上那张照片，是同一中国男人，穿着军装，没有那印度女人。的确如此。那男女两人的照片，女的纱丽，手里还拿了一样东西，记不起来了，那男的衣服平常，绝对没有穿军服。我的心里正捏着一把汗，害怕把事弄乱，突然屏幕上出现了一行字：

"那是黄慎之，阿难的父亲。"

我惊奇得两眼瞪圆，气透不过来。

"阿难的母亲是印度人？"

"就是。"

原来阿难是半印度血统。居然是这么一回事！我怎么一点没有往这一层想。那么辛格上校是他们的什么人？

好像是在回答我的疑惑，屏幕上的字继续显现，似乎机器自动地在翻检查索历史文件。"辛格上校是阿难的舅父，阿难母亲的哥哥。"

我发抖的手指按几下键："你怎么知道？"

"猜想。第六感。"苏霏回答。

原来我对于阿难了解实在太少，连基本情况都不清楚。我根本没有资格为苏霏做事，也没有资格为孟浩做事，我只配做一个卒子。苏霏推说是她的猜想，当然是胡扯。她只不过想知道，我能否证实她所知的一切。

我的头脑几乎僵住了，无法往下想任何问题，第一个敲响的警钟是：是否我又犯了一个错误？

不，孟浩说过，阿难的身世，纪检小组不感兴趣。这种事与案情没有任何关系，因此我与苏霏交流一下，不妨事。

但苏霏逼近目标：

"你找到的地方没有错。阿难肯定在你那里。"

她要我证实的是目前的局面：她认为阿难是来投奔舅舅，他在这个世界上唯一的亲戚。我记起来辛格上校说过，照片上那一男一女都不在人世了。原来苏霏也不着眼于阿难的旧事，那么她为何说阿难若知道身世，就会痛不欲生？

"请你帮助，再找一下辛格上校。"苏霏回到老题目。突然，她又控制不住了："求求你了，求求你，看在我俩多年情谊上。我从来都把你当自家妹妹看，事实上比亲妹妹还亲。"

"放心。我在竭尽全力。"我必须立即回到公事公办，不然不知道会泄露什么。

合上电脑，我精疲力竭，好像苏霏施了魔。我有责任心，一旦答应过孟浩的事，我不想违约。

这一天给我的刺激实在太多。一月的印度，下半夜气温反倒稳定，冷还是冷，并未冷出狠劲。我站起来，检查窗户是否关好，拉拢窗帘，转身走到床边，准备睡觉了。

正要关门熄灯，就在这个时候，我看见有个男人站在门口，破衣烂衫，双眼炯炯发绿。我吓得尖叫起来。

第十章

还没有叫出声，我的手就紧捂住自己的嘴，一秒后我就放下来，装着镇定。

我看清楚了，是年迈的辛格上校站在我的房间门口，不知道他什么时候站在那里，他身上还是那披披挂挂的一块布，不过很破烂。他的双眼像火一样燃烧，如同我童年时遇见过的那些观花灵婆，通往阴界的巫师身上才有的激动情绪。

可怜的辛格上校，出了什么事，让他如此激动？外貌像个"圣者"，神情却像一个着了魔的人。

他依旧原样，一动不动地看着我。

我心里害怕极了，不知道说什么好。使辛格上校恼怒的，不是我，也肯定与我有关。

我的猜测是，他知道了警察搜查的事：仆人不会告诉我，肯定会告诉他，很可能跑到他的藏身之地去告诉他。此事是我不对。我给主人带来了麻烦。这不是我能道歉的事,当然我也不能提供任何有关的情况。

一分钟不到,我镇静下来,双手合十,低眉含眼,微微鞠躬说道:"辛格先生,你好。"

他还是站着,我的和气态度并没有感动他。

瞧得出来,他的情绪不是我的表面谦卑能缓解的,他如此激动,恐怕是知道了更多的东西,比如知道了警察在追查的是什么。我决定直接说出要害:"辛格先生,我能给你什么帮助?"

这话等于说:你有什么需要说的,有些话适合耳朵听,有些话适合心听。

辛格上校点点头。他转身朝房外走去,明显是让我跟着。我赶紧抓了那套印度服装套上,跟了出去。辛格上校走得不太像一个老人,他不点头示意,我也会跟着。他不至于会加害于我,虽不知道他要做什么,我的好奇鼓励着我,这点勇气我还是有。

辛格上校穿过客厅,踏在地毯上。墙上的镜框,还在那儿,我看了一眼,似乎上面有看不见的灰尘。他拂开客厅厚重的落地紫蓝窗帘,露出一扇小门,一拉,门就开了。我和他一前一后从这儿出去,直接就到了漆黑的花园。

花园的一丛树后面也有一扇小门,有一条小径,长满野草,看来很少有人走。

辛格上校在一个山坡的草地上盘膝坐下来,喘着气。

我走过去,在他对面坐下,看着他,发现他的表情平缓得多了。这儿居然听得到恒河流淌的声音，大团云遮住头上的天，从有尖有角的房子间空隙，可看到那黑亮闪光的河水一个局部。

辛格上校终于抬起头，我惊奇地发现他的眼睛里有泪珠。我说："辛格先生——"

他用手势示意我不必讲话。

隔了一会儿，他才开始说话。"你是为找阿难而来的？"他说Ananda，佛经中的称呼。

我点点头，代替回答。我和他都知道在谈什么。我听得见自己心跳不已，终于到时候了，等着揭示秘密。作为调查者，首先得稳住。

"我想我不必知道你是谁，你代表谁来的。"辛格说。

这话简单，暗示的东西却很多。如果不说话，就认同了暗示的一切。我赶紧抢过话头："我是阿难的崇拜者。苏霏，我最好的女朋友，让我来找你。"我并不觉得我在撒谎，不，我没有撒谎，还补上一句，"她是阿难的情人。"

我真的捏着一把汗，苏霏的名字哽在我喉咙里，我怕说出她来，麻烦就接着到了。但在这一盘棋里，苏霏的名字是关键——我必须让他传过去这个名字，如果他与阿难有接触的话。好比是一场马拉松接力赛跑，一步都不能落下，有人脚崴了，停下来按摩，就会输掉。

"苏霏？"辛格上校只重复地说了一下，不像认识的样子。

"请告诉我，阿难在哪里？"我直追要害，我真怕老头会再次突然改变主意，闭嘴不说话。

"好吧，我告诉你他是从哪里来的，你就明白你该到哪里去找。"

辛格上校眼睛睁开，定定地看着我，好像把我里里外外都翻查一遍后，清清嗓子开始说话。

"我第一次看见中国少校翻译官黄慎之，是在莫里森上校的办公室。"辛格上校这么说时，他的右手拿起来，想放在胸前，却搁回右腿。一个很不安很无奈的动作，我注意到了。

我想知道阿难，他却从阿难的父亲讲起。也好，孟浩不要的内容，我的书里要，苏霏可能也要。

我没有想到沉默寡言的辛格上校，说起那沉睡已久的往事会滔滔不绝。他的英文极为流利，发音纯正，没有典型的印巴含混口音，用的词汇雅致，我想他是在英国人的寄宿学校受的小学中学教育。

莫里森上校是英军大本营参谋部里"友军联络官"。当时盟军中美方面的部队，驻扎在靠英军提供的在印度的军营。美方问题不多，大多是请来训练的军官，中国军队却经常让英国人头痛。

作为英国军队的下级军官，辛格那天路过参谋部，在过道就听见里面吵得厉害，他走到门口，看见几个中国军官衣衫不整，全是泥，袖口、背上和裤腿划破成布片，都带着伤，他们愤怒到快爆炸的程度，用中文在嚷嚷。

辛格不知道具体发生了什么事，看来是整训营里的小冲突，但不太像是一般打群架，因为旧账一股脑儿全翻了出来。

房间里还有一个中国军官，军容整齐，英文很流利。他不像在为中国军官做翻译，而是自己在一个劲地说话，像是中国的代言人。

"你们英国人太自私，只管自己活命，你们先撤，还让我们掩护。我们有难，你们不来救援，我们师长牺牲了，我们这些人是从死人堆里爬出来，十万人就剩下三万多啊！"

莫里森说："英军只是执行盟军指挥部命令。中国人不顾大局，只想逗意气，愚蠢的民族主义！"

那位中国军官的脸变得死白，嘴唇发青："英军只顾大英帝国的利益。我要写信给《纽约时报》和《泰晤士报》！"

辛格在门口，不便走进去，但是对这场对抗，很感兴趣。

他在军营门口等那个中国军官，这样他就认识了中国军队的翻译官黄慎之少校。他对黄慎之说："我知道怎么和英国人打交道，我们祖祖辈辈都在英国人统治下，生来就知道和英国人怎么说话。你写信给《纽约时报》或《泰晤士报》，哪怕刊登，也是在《读者来信》一个角落，你还是写给我们印度独立运动的报纸，我们会大字刊登。"

"那是1942年，这样开始了我们的友谊。"辛格上校说。

我问辛格上校："1942年发生什么事？我只知道缅甸战役极苦，不过盟军胜利了。"

辛格上校摇摇头："以前的老兵说起这场战役都会掉泪。"他说，那些特殊的日子他记得很清楚。1941年12月7日，日本偷袭西方盟国在南太平洋上所有的军事基地。

辛格上校与一位陌生人谈旧事，我，一个中国来的女子，因为渴望知道那段历史真相。他并不知道我是一个作家，会记下这些话，所以没有忌讳。他讲的时候看得出来，是为了他自己，我只是他倾诉的对象。

中国军人落到印度，明白是兵败投靠，忍气吞声。忍是忍，私下里怨气太大。军人以服从命令为天职。黄慎之说，他是文职，不是职业军人，虽然他没少打过仗，但他有发言的自由。只是为了打回中国去，我们才坚持在印度。

军营里每个中国人都在说，我们迟早是要算这一笔账的，印度军人也附和说，我们现在就开始算账。

黄慎之和中国军队在印度北部兰姆伽基地接受整训，改称中国驻印军。进入缅甸十万中国远征军，只剩下三万九千，其中有五万人是撤退时死亡和失踪的。他们无法忘记惨重牺牲是由英军撤退造成的。部队与英军的冲突常常发生。一点冲突就会变成打群架。

果然如辛格所料，黄慎之的文章出现在英国和美国报纸边角上，毫无反响，如石沉大海。这年9月下旬印度的《独立报》却头版头条刊登了，虽不是公开出售，但在大街小巷散发，舆论鼎沸，弄得英驻印总督十分难堪。华人社会和中国军队能读英文的不多，但人言相传，影响极大，中国军队地位不如英国的雇佣军！

我现在记下辛格上校说的事情，无法肯定是他的原话。我不会捏造辛格上校没有说的意思。我的转述，或许在文字上与辛格上校说的不完全相同，但我希望能记下这个老人的细语绵绵：恐怕这一辈子，他就只说过这一次。

对我也一样，这个故事对他来说太伤心。换一个场地，换一种目

的,我可能就把话岔开一会儿,但是在这儿,我专注地听他往下讲:

为了缓解气氛,训练场地破天荒地放两天假,放映电影,白天军官可以外出。当天中午莫里森上校找到黄慎之,没有提报纸一事,就当没这事一样,邀请他去英国人的俱乐部喝一杯:"聊聊,聊聊战后的世界。"

说实话,黄慎之有点心动。这个英国人对世界大局有他自己的看法,认为情绪化的民族主义是战后的大祸根,世界新秩序才是原则。

但黄慎之对莫里森说,他另有约。

莫里森很固执:"我与你一起去。"

"谢谢。不可能,那是我的私人朋友。"

"好吧。什么时候你有空再约?"

后来黄慎之明白自己犯了个严重的错误——他与莫里森个人结上仇。以前那场争吵,他只是代所有的中国军官说话,这个中午却是破开老伤疤,用傲慢对付傲慢的英国佬。当时他一点也没有觉察,他的确有约,到辛格在加尔各答的舅舅家里去。

辛格开车,兰姆伽训练地离加尔各答二百多公里,下午三点出发的,本打算在六点前到家,因为一路上堵车,到达辛格舅舅家时,那幢维多利亚花园洋房已点上灯,丰盛的晚餐备好。进门时,舅舅亲自给他们一人戴上一个花环表示欢迎。

辛格的妹妹库尔玛也在,前额点着吉祥痣,与一屋艳丽服饰的人相比,她的纱丽素雅,可长得极像桑奇大塔的雕像树神药叉女,在他心里,那是印度最美的女子。库尔玛安静地低着头,并不是害羞,而是在观察。这是一个有主见的姑娘,黄慎之第一眼看她,就得出这个结论。辛格介绍说,库尔玛正在加尔各答大学读历史。

辛格的祖上属于贵族武士——刹帝利阶层,到了他爷爷和父辈这二代,主要是做矿业和纺织生意。

第二天中午,黄慎之和辛格就在印度博物馆中庭的花园里喝茶吃点心。白色廊柱,华丽宏伟,四周是回廊,安置着石雕佛像与印度教神像。喝第二杯茶时,黄慎之对辛格说,他从来没有像这一刻那么想念中国。他家在北平,父母是知识分子,十七岁进了清华外文系,"七七"事变,随校撤到长沙,没多久他到昆明进了西南联大。同年中国远征军在昆明组建,他以翻译人才应募,先在中国远征军司令部,后才调到二百师师部。

"你父母呢?"

"都过世了。"

"对不起,我没有想到。"

"父母随机关迁到中国战时首都重庆,本来应该没事。日本飞机狂炸重庆,人们躲在防空洞里,防空洞里人太多,空警几个小时不解除,洞口被封住,出不来,透不了气,闷死了好几百人,父母双双遇难。"黄慎之把手里的茶杯轻轻放在桌子上,"弟弟在北平,他是我唯一的亲人。"

两人各讲家世后,感觉很亲近。辛格比黄慎之小三岁,却显得老成,他对黄慎之说:"不管怎么样,请你把我当作你的朋友,这儿是你的家。"黄慎之听了,非常感动。

当他们离开博物馆时，辛格才对黄慎之婉转地说："我妹妹对你充满敬佩。"

黄慎之想起昨天晚上他和库尔玛说话投机，兴趣相同，十分愉快。他只是对辛格说："她很了不起。"

他们俩在街上走，不一会儿到了一座庙前。黄慎之被拦住，问他是不是印度教徒？他说不是。他未被允许进庙，他们就在门外往里看。阳光异常明亮，寺庙的顶红相间于大片淡色、白色之中，呈弧形，窗也是弧形。

一天的时间过得很快，他们回到辛格舅舅家时倒头就睡。第二天下午，他们开车离开时，也没有看见库尔玛。一路上黄慎之寡言少语，不知道自己为什么失望。他第二次见她是在三年后，她走到黄慎之面前，对他说："我在花园里为你种了十几棵素馨花，已经长大，你可以看到。"

1945年，那一年局势发展有如印度的狂雨，盟军滇西缅北反攻日军胜利。二战结束近在眼前。中国部队陆续调回中国，中国有一场史无前例的内战，等着吞没这几万训练良好的部队，而印度独立运动也在战争中成熟，正准备与英帝国主义摊牌。无论东方或是西方，敏锐的眼光早就不再专注还在顽抗的日本人。

辛格升为上校，是当时印度人能升到的最高军阶。

黄慎之在缅甸写信告诉辛格，当辛格收到他的信时，他已经回国，即将与唯一的弟弟约在昆明见面。

一个明净的清晨,一个风尘仆仆的人敲响婆罗尼斯的沙特街28号大门,空气里漂浮着素馨花香。正在家休假的辛格打开门,一愣,但马上与来人拥抱。

这人就是黄慎之。

中国避免不了一场内战的前景,使黄慎之在回国路上惶惑不安。一天夜里,库尔玛跑进他的梦里,她的声音温柔执着,整夜他都看见她。

他醒后就明白了,如果此时回中国,那么他和她从此就不可能再相见。他在部队辞了职,说是已申请到印度国际大学读书。他一路往印度急赶,按照辛格的地址,找到沙特街28号。

命运,真是命运,这天库尔玛一袭粉红纱丽,头发上插着素馨花,赤着脚,迈步上恒河色彩各异的石阶。她和哥哥不久前一起从加尔各答回到婆罗尼斯父母家。每早去恒河边沐浴,可这天她回家的步子比往常舒缓,脚环清脆地响,她不知为何,心一个劲儿狂跳。

原来那个中国军官先她一步进门。谢谢至高无上的神呵!她的祈祷如愿以偿了,那个中国军官真的在眼前,他为她回到印度,她手抚门把,含着泪光的脸一转,独自一人静悄悄在房门外享受那份幸福。

第十一章

我坐在这里听老人讲半个多世纪前的事。我想苏霏未必会有这个耐心,孟浩更没有兴趣,这些陈年旧账,没有参考价值,早就失去任何法律追究的必要。历史太快,敌人或朋友,都已经转过几圈。我听这个漫长的身世故事,无法向任何一个人报功,也无法救他们个人之急。

但我有这耐心,更有这兴趣,不能说是兴趣,而是一种责任。以前遇上令我奇异的故事,只需大致弄清情节关键,就可凭想象写一本书了,写小说本就是杜撰。

然而面对这位老人,我能给想象力那么多余地吗?我有权那样做吗?

很困难,非常困难。首先我不能按照小说的形式写印度之行这本书了,我得尽量诚实;其次不能照顾某些人,比如按苏霏的要求写这本书。我的良心告诫我,这是非常严重的历史事件,光是那些大批惨死的士兵,就让我正襟危坐,不敢漏过一字,我必须尊重这段历史。

我的神态就像在听自己的事，自己亲人的事。

月亮突然从黑暗的深渊跃上我们头顶，照耀着我们一老一少的脸。午夜的婆罗尼斯，人们的灵魂都已经得到拯救。这个拥挤的城市，安静得像巨大的坟墓。但是我越听越投入。

黄慎之为了爱情留在印度，租了一间朋友的房子。他退了伍，成了一个新闻记者，每周为中国报纸《大公报》写一篇专栏文章，采访印度独立运动，也为东亚民族主义写鼓吹文章。他跟踪报道甘地，及时将文章发回中国。

1947年8月14日午夜，印度宣布独立，14日、15日举国欢庆。黄慎之却在辛苦赶稿。

可惜甘地的非暴力抵抗可以击败英国人，却对付不了印度人自己。英国人还未离开，宗教冲突就突然点爆，像中国内战一样，没有人能够调和。两种教徒也不能合成一个民族国家。以前英国人做主子，兄弟吵架，但分不了家。

印度教人多，另一教派情绪更激奋。于是印度分裂，印度教徒迁出巴基斯坦，另一教派必须离开印度，上千万教徒正在迁移中，大仇杀发生了。军队和部族武装加入，不到几个月时间，血淋淋地死了近百万人。

黄慎之去现场观察并做报道，还分别住在两派教徒家里，了解双方的衷曲。此时另一教派与印度教徒已在加尔各答打得血流成河了。

这天黄慎之从冲突前沿回来,在一条街上遇见了那个英国人莫里森上校。莫里森像在等他的样子。这家伙据说已调任。黄慎之已有好多年头没有遇见过这个神秘而傲慢的英国人,只听说他高升了,调到印度总督蒙巴顿勋爵手下工作,负责印度善后事务。印度独立后,按理说莫里森应该随蒙巴顿回英国去,不知为何他还留在印度?黄慎之注意到莫里森没有穿军服,跟他自己一样。

莫里森慢慢地朝黄慎之走过来,上下打量他,半响才说:"你看独立多好!一独立,就都打起来了,赶上独立时髦的国家全都在打!印度、中国,打死的人比世界大战还多。"这个英国人一副为世界忧虑的表情,"光有民族主义,解决不了问题。黄先生,我们都是有头脑的人,应该懂了,许多民族,尤其是东方民族,还没学会治理自己。"

黄慎之没想到这个英国人开门见山,语词尖锐逼人。他不客气地反驳说:"难道大英帝国是为了帮助东方人治理自己,才来征服东方?"

莫里森说:"我们的祖先可能错了,帝国主义时代已经结束,我们心甘情愿地结束。但是我们不小心留给东方一份很糟糕的'遗产'——民族主义。许多野心政客在利用这东西,世无宁日。"

"不,民族主义是东方的觉醒,是东方民族站起来了。"黄慎之坚持说。

莫里森笑了,露出一排整齐的牙齿:"说得好,我们让历史判断吧。你知道我为什么冒险留下来?目的之一是为了调查你。我们原先怀疑你是共产国际的间谍。"

黄慎之"哦"的一声,没有想到莫里森说这些话,他接着说:"谢谢你告诉我。"

原来莫里森是特工,黄慎之并非不知自己一直被暗中监视,这次莫里森故意露底给他,明显是想吓唬他。

他转身要走,莫里森叫住他:"亲爱的黄,你忘了你答应我一起喝酒的事。"

"对不起,世事变迁快,什么都由不得自己。"他的话很谨慎,与其躲着莫里森,还不如与他周旋,"请问什么时候方便?"

莫里森拿出笔写下他的联络电话,说话口气很理解黄慎之:"还是看你的时间吧,最好下星期,你打电话给我。最好带上你的漂亮未婚妻库尔玛。她是知识妇女,你不会把她藏在家里不让见客吧?"

辛格上校说,黄慎之本来准备赴莫里森的约见。一听到库尔玛的名字被这个英国特务提起,马上就打消了这个念头。

黄慎之专程去了一趟婆罗尼斯,正式向库尔玛的父母提出求婚。没有想到遭到拒绝,她的父亲说,他们实行种姓内婚,通常是家族和财富的结合,黄慎之不同属于他们一个阶级,不是他们一个民族,他还不是印度教徒。

印度教徒不像佛教徒可以半路出家,印度教徒是天生的。辛格上校也帮不了,他一开始就把这件事想得简单了,当天辛格上校和家里闹翻,他觉得对不起好朋友,也对不起妹妹。

黄慎之非常绝望,只得离开婆罗尼斯。他重病一场,决定忘掉库尔玛,为了她终生的幸福。可是他到一个地方采访,她就追到那个地方。

她在他的门口拦住他，他说："回家去，听话。"

她说："我不在乎结婚仪式，我不会回那个家，别赶我走。"

她在台阶上跪下来，泪如雨下。

于是两人决定生活在一起，在加尔各答这个城市，表面上一人租一个房子，但在同一条街上，只需走五六分钟。他们对外保密，只有最知心的两三个朋友了解真相。

莫里森连库尔玛都知道，这当然是他做情报官的行当本色。有必要让库尔玛也陷入危险吗？库尔玛对黄慎之意味着一切，他不相信这个英国人。所以，他没有给莫里森打电话约会。

他打听到，莫里森是一家英国贸易公司的副总裁，很少去公司上班，看来是借这家公司的名义而已。莫里森的妻子是中国人，他们住在加尔各答的富人区，行踪诡秘。

从此以后，黄慎之经常"巧遇"莫里森，他到哪，莫里森就在哪，看来是莫里森有意让他知道，有时还要特意和他"哈罗"一声，像见了老熟人一样。

时间久了，两人都觉得彼此有了伴儿，若有段时间没有见到莫里森，黄慎之还觉得不习惯。莫里森告诉黄慎之，他妻子也在西南联大读过书。黄慎之不愿细问，只是淡淡地说："没想到，没准我和她还认识。"这话一说，他感到没以前那么讨厌这个英国人了，这人奉命执行任务，况且黄慎之只是为中国报纸采访，没有政治联系，这点莫里森应当已经查清楚。甚至，报道印度的教派冲突，使他对莫里森关于民族主义的见解，开始有了点同感。要学会治理自己，的确不是一件容易的事，没有必要把一切怪到帝国主义身上去。

日子就这样过去了。

那一天，那个不应该有的傍晚，天气不是太闷热，日落西山后，只有二十九摄氏度。雨季的加尔各答，这样的气温已经很不错了。黄慎之决定还是与莫里森见一次面，孩子快出生了，他不愿意因为莫须有的罪名，危及珍贵的小生命。库尔玛担心黄慎之的安全，坚持要和黄慎之一起去。

他们在乔林基路南的餐馆里坐下等莫里森。天暗下来，电闪雷鸣，雨水泼洒下来。闪电中的街道特别宽大，一边是成片绿树，一边是古老街道，以及街道上的商店、旅馆、饭馆，一清二楚。这是孟加拉特有的雷雨，过一阵就会消失，凉爽的空气就会为暴雨的不便而道歉。

约定的时间已经过去了十来分钟。

他们正在担心莫里森是否在躲雨的时候，莫里森就开着一辆吉普车到门口，他把车钥匙交给侍者，让侍者去停车。一进门就哈哈大笑："中印两国，伟大的人民联姻，这孩子将是东方的骄傲！"他向库尔玛合十致意，然后才坐下。

黄慎之知道他是讽刺，就反唇相讥："中国民族主义，加上印度民族主义，难道帝国主义不害怕？"

莫里森笑了："民族主义之间无法相加，只能相减。我跟你打个赌：中印之间，不出十年必有一战，而且多半是为了西藏或新疆，你信不信？"他掏出烟斗，询问似的看库尔玛，库尔玛点点头，不过他还是将椅子往边上挪了挪。

"东方民族之间的纠葛,是英国人留下的恶果。"

"中国内战打了五十年,也怪帝国主义?"莫里森觉得需要自卫了,他抖了抖烟灰,语出尖锐,"有的事,最好到莫斯科去调查。"

黄慎之针锋相对:"当然,我就是共产党,你不就是想证实这一点?"

莫里森拍拍黄慎之的肩:"你不是,我已经弄明白了,你只是个理想主义者书呆子。这更危险,对你更危险。"

库尔玛一直没有说话,这时插了进来:"我们的孩子会幸福的。"

"当然,当然,他将是二十世纪下半期的见证:上半期西方人打惨了,也打够了,不会再打。下面轮到东方人打个明白了。"莫里森手往上一指说,"就像这风扇一样,一旦转起来,一时停不下。"

莫里森的话把黄慎之和库尔玛都气着了。这时侍者送还车钥匙,莫里森头也不抬地收下,他说到兴致上,也不顾一旁站着侍者等着点菜,他让侍者等一会儿再来。库尔玛一阵心急,突然觉得肚子翻痛,她痛得咬住嘴唇。两个男人惊恐地看到她脸色变了,汗珠沁出来,坐不住,身体往地下滑。莫里森扔了烟斗,跳起来,奔出餐馆,飞快地把吉普车驶到大门口,他刹住车,大叫:

"黄,把库尔玛扶上车!"

吉普车飞快行驶。雨水小了点,天漆黑发紫。他们的车一直往北开,大雨之后路太滑,道路已被近日的动乱破坏,坑坑洼洼,到处是倒下的建筑碎片,终于撞进沟里。

黄慎之及时抱住库尔玛,搀扶着她走上道沿,设法找人帮助,把车推出瓦砾堆。

昏暗的路灯下,黄慎之举起手喊:"快来帮一把!"他为库尔玛担心,她已经怀孕八个月,看到她痛得脸抽搐,他急得不行。

莫里森像是有预感,急忙阻止他喊下去。但晚了,看似一无人迹、坍塌的建筑后面,冒出包着头布的人来,手里拿着的是棍棒刀剑等武器。"糟,印度人,他们饶不过跟外国人在一起的印度女人。"黄慎之说。

他们干脆把库尔玛抬在肩上,也不管汽车了,朝街另一头跑去。

不料,街那一面也是三三两两带武器的人,正从断垣残壁中走出来,一看就明白是另一教派。来路已经被封死了,看来他们不巧地落入了双方好斗青年的战场中。

"黄,拉掉库尔玛的纱丽!"莫里森叫道。

但是库尔玛不让,她没有别的衣服在身,黄慎之只来得及抹掉她眉心的雄黄。但下面已经不是识别的问题:他们落到了战场的中间。那些印度人将吉普车推翻,点火烧车。

黄慎之惊骇地说:"怎么会落到这个地方?"

莫里森说:"事先一点都没有得到信息。"他拔出手枪冲了出去,说去找警察。

刀棍打斗几乎半个小时后,警察才驱散人群,在满街已死和将死的人中,竟然发现一个头颅被打碎的中国人,怀里抱着只剩最后一口气的印度孕妇。幸好医务人员知道应当先抢救孕妇。库尔玛当时就没气了,阿难被剖腹产救了下来。

"所以，阿难是遗腹子加早产儿，他母亲佝着身子，父亲抱住她，两人忍受乱踩乱踢，舍了自己的性命，把他保下来，否则孩子会先死的。"辛格上校眼睛微微睁开了些，说，"他真是不幸中的幸运。1950年7月14日晚上，差三分到十一点出生。他父亲早就给他取了名字，黄亚连，据说中文意思是亚洲人联合起来，而小名叫Ananda，梵文意为'欢喜'，中音意'难'，艰难时世中唯一的欢喜。"

我问："莫里森呢？是莫里森故意把车开到冲突区的？"

"当时英国当局的情报应当准确。谁能解释发生在他们之间的一切哪！连莫里森特殊的身份这一点也无法证实。如果是有意杀人，他可实在是了不起，一杀三，连根拔。说实话，从他们惨死那天起，五十一年来，我都在问自己这个问题，莫里森是有意的吗？"

辛格上校说，以后谁也没有见过这个英国人，他突然从印度这块土地上消失了。因为妹妹和黄慎之没有结过婚，他们的葬礼，家里人拒绝参加，不准他提妹妹一个字，妹妹的死没有得到家里宽恕。辛格上校考虑再三，在阿难半岁时，中印建交快一年，中国在德里设有大使馆，他写信给大使，希望把这个孩子交给新中国。大使馆当时事务太多，过了半年才找到黄慎之在北京的弟弟黄少之，大使馆让叔叔来印度领这孩子回家。

在这之后，黄少之偶尔有简短的信件告诉他阿难的一点情况，当时在中国，任何国外关系，会无端引起无穷怀疑。1962年中印边界战争，两国关系恶化，此后完全断了消息。

满天星星隐去，黎明降临恒河台阶上，一群群人开始沐浴祈祷时，辛格上校终于说完了这个漫长的故事。对一个遁世者来说，这个故事未免太复杂、太沉重了一些，我要知道的关键地方还没有说出来。

我直截了当地问："阿难来过这里吗？"

没有回答，辛格上校只是说："先休息。"

"究竟阿难在哪里？你得告诉我。"

辛格上校依然说："先休息。"

他不想说的，谁也问不出来。他带着我回到他的家，当年黄慎之与库尔玛相爱的地方。我上楼推开我的房间门，直接朝床走去，躺了下来，闭上眼睛。脚步声在过道响起，女仆披着头巾进来，仿佛是女先知，知道我头脑里的翻江倒海，无法入睡。

她把手放在我的额头上，轻轻摸，嘴里哼着奇怪的曲子。一阵清香袭来，是库尔玛当年种下的素馨花吗？是她的脚铃在叮当叮当响吗？

我渐渐放松，进入了一个葱绿的池塘边，荷叶摇摆，睡意袭来。

第十二章

我在睡意蒙眬中翻身,手触到床边的笔记本电脑,赶快坐了起来,习惯性地打开电脑上网。上面有苏霏的留言:"醒来后务必给我一个电话。"

我还没有醒来,所以我不必打电话。我又倒头在床上,在半睡半醒中想象辛格上校没有描述的场面。

黄昏,他们的葬礼在婆罗尼斯恒河边。辛格上校只通知了几个特别要好的朋友,殊不知河面台阶却站满人。夏天河水几乎挨着河面台阶,参加葬礼的人只得往街口里站。好些船在河上,仿佛恒河上下游的船都来了。按印度教规,黄慎之是教外人,不允许火葬,库尔玛算难产而死的女人,也没有火葬的资格。黄慎之碎了的脑袋裹了白布,身体也裹了白布,库尔玛裹了红布,也是连头脚都裹住。

辛格上校穿着军服,头上包着头巾,和七个军人排成两排,先抬白,徐徐送下河,再抬红,徐徐送下河。一红一白紧挨着,好像去参加一次隆重的化装舞会。死了,他们俩总算平等。

夕阳下,有数千盏蜡烛,数万朵荷花跟着那对爱人漂走,岸上寺庙里的诵经声随风传过来。

我在对谁说话,还是我听见一个声音在说话,对着两具尸体?

阿难啊,不要悲伤,也不要哭泣。我于往昔不是告诉过你万物实性就是如此,与我们最亲近者终要与我们分别隔离?

万一物既生而成形,即具分离的必然性,阻其舍离,怎么可能?况且必无此理。

阳光透过窗帘,天早已大亮。我从床上坐了起来,赶快洗漱,那套印度衣服已经被女仆洗净烫好,放在床边,我感激地穿上。

我下楼。除了一个男仆在前院扫地,大幢房子里只有女仆一人。

她问:"现在吃午饭吗?"

我客气地说:"我还不饿,谢谢,如果能有一杯果汁就太好了。"

女仆从厨房端来橘子汁,见我望着花园里的辛格上校,很抱歉地对我说:"小姐,他从早上到现在都在那儿打坐,让人不要去打扰他。"她的声音放得很低。

他一个上午都没睡。看来他把一生想说的,全说了出来。他精疲力竭,面如死灰。如果不是托了女仆的妙手,我现在肯定双眼红丝布满,一脸疲倦,黑眼圈,头会炸痛。辛格上校所说的不要人打扰他,当然是指我。

我小声地问:"那他吃饭了吗?"

"他说他今天一天休食祭亲人,只喝水。"

注视着在苦修的辛格上校,不知为什么,我心里直想哭。已经半个世纪前的事了,难道鬼魂那么难摆脱?

辛格上校昨夜说过,他与莫里森从此再也没有见过面。

这点印证了苏霏告诉过我的事:莫里森失踪了。

这样阿难与苏霏就互有杀父之仇。

我有一种感觉,莫里森消失,或许与辛格上校有关。他不必亲自下令,可能最后由好斗的印度教徒围杀了。莫里森在蒙巴顿勋爵手下工作时,负责"调解"印度教与另一教派的冲突。两派的极端分子一直在找他算账,一直没有借口。印度教徒库尔玛被他害死,他就难逃干系了。

1950年最后见到莫里森的人,是苏霏的母亲,他吻别她后,开车走了,就再也没有回家。他与苏霏的母亲说了什么?她不会不知道黄慎之与库尔玛双双遇难身亡的事。他们是同学,在印度的中国人不多,哪怕没有见过,也不会互相不知道。如此看来,苏霏与阿难,的确各自只能发现故事的一半。

我回到自己的房间,现在就没有理由不理睬苏霏。我心里有压力:她肯定等疯了。未打开电脑前,我已经想过苏霏会又是一连串的留言,与上次一样,简直就是一只暴风雪中的羊羔,在求助似的哀叫。

到房间后,我立即用辛格家里的电话拨号。这个电话可能被监听,我要告诉苏霏的事,全世界活着的警察都不会感兴趣。

我想说，苏霏，你的猜测是对的：辛格上校的确是阿难的舅舅，照片上的两个人，就是阿难的父母。我还想说：苏霏，你最好不要再追问阿难父母是怎么死的，不要追问谁应当负责，知道太多，会害了你。

我这么一说，苏霏就更想知道，我还是什么都不要说。

就在我脑子中想如何对付苏霏时，我突然一下子明白了，苏霏着急的事，与我和孟浩正在处理的案子没有什么大关系：如果案情有进展，威胁到她，凭她的耳目之广，她肯定会知道。她着急的是：是否阿难已经弄清楚家史底细，明白苏霏是仇家的女儿，才一去不复返，真正永远离开了她。

或许苏霏急着要我到印度，要我做"私家侦探"，一步步做的是她挽救爱情的苦心。这么说，这个大老板是真正的情种，割舍不了二十年的深情。

我知道的事之多，好像已超过了苏霏，这些事与她切身有关。作为朋友，我有义务告诉她。虽然我有被利用的感觉，但答应的事要做到底，我一向瞧不起不负责任的人。

电脑里早有苏霏的信，她的话使我冒出一身冷汗：

"我在母亲的房间，坐在她的椅子上，等着你追踪出我血液中的罪恶。"

老天！难道她知道这个血腥味的故事？从这点看来，这个狡猾的苏霏知道的秘密依然太多，我依然蒙在鼓里？这次我非得让她吐出来，才能告诉她我掌握的一切。于是我拨了她的手机：

"苏霏，我找到了辛格上校，正设法追问他。请告诉我，为什么你认为他是知情人?"

"辛格上校的名字地址,在阿难的笔记本上。我在母亲的房子里又看到旧纸片,上面有同样的地址。因此辛格上校必定与几边都有关系。"

"阿难可能从你母亲那里听说辛格上校?"

"绝无可能!他们两人只见过一面。母亲因为听我常说起阿难,有一次自己赶到南丫岛上来。她看见阿难时,差点晕过去。等镇定过来,就匆匆赶下一班船回去了。"

"她见了什么鬼呢?"

"母亲后来才说这个阿难太像她生平第一个恋人,她在昆明西南联大的同学,一个叫黄慎之的诗人,只是阿难比黄慎之更英俊魁梧。我听了悚然,因为我知道阿难本名的确姓黄。"

苏霏的回答难以让我满意。她的母亲,那个西南联大的高才生,不会那么糊涂,对命运牵进来的恩恩怨怨竟然懵懂无知?阿难如果开始明白真相,也不见得一定会下狠心,与苏霏快刀斩断一切情丝,消失得清清楚楚,干干净净。毕竟这是老辈的事,家族世仇这想法太古老。阿难如果决心"失踪",一定有别的原因。

我接着问:"你要我拼命找阿难,到底要找什么?"

"赶快想法敲开辛格上校的铁嘴。阳光太火爆,旧皮箱里的骷髅,都要变成灰了。"

"你这话只是比喻?"

"难道不是吗?"

苏霏有思想准备,我想,她让我找阿难,也一直在等着我为她找出家庭秘密真相。因此,我相信她能够理智些。

"那你就听听,历史翻开什么样的底牌?"

我告诉了她全部故事,尽量简明扼要,但是完整无缺。我知道这是苏霏需要我安慰的时候。苏霏的反应,出乎我的意料,她只是自言自语:"阿难,他现在到底在哪里?他在做什么?他知道这一切吗?"

可以推断她早已知道其中的关键情节,关于莫里森与阿难父母、舅父之间,由观点到私人的仇恨。她关心的只是辛格上校能说出什么新内容。

我想辛格上校不会对阿难说这一切。他为什么要把六十年的恩怨全部告诉我?明显昨天有什么事给了他严重刺激。我回想起昨天他出现在我房间门口时的情景,他是本地世家,警察局不会对他隐瞒,搜查了本地名人的家,总得有个交代,这也不至于使辛格激动到向我坦陈一生执意忘却的旧事。

那么只有一个可能:是阿难彻底使他绝望了。一个苦修的圣者,不可能忍受我们俗人当作数字来处理的事情,对他来说,精神纯洁是最重要的原则,不得让半分。

于是他找到我,他猜中我是追踪上门的中国办案人员。

那他告诉我阿难身世的目的,是想为阿难开脱?不会这么简单,他没有说到阿难任何事。我想他是弄清了苏霏是什么人的女儿,可能是阿难向他承认的。他的灵魂被历史的隔代报复撕碎了。他让我知道,虽然这些与案件没有关系,他要我做历史冤孽的见证。

我端着电话，走到过道，侧身望花园，有一棵棕榈树挡住一些视线，不过还是可以看到辛格上校打坐的地方。不对，辛格上校不见了。

他又去找阿难了？为什么我没有想到这个可能性？我应当跟着他。不难想象，一个圣者对财迷心窍的逃犯会如何严厉。

想到这里，我情不自禁叹息：

"阿难，阿难，难中之难。"

苏霏惊异地说："你怎么知道我心里的话？"

"你也很难，人生一样。"

"我为什么无法舍弃阿难？原来我们的根都扎在上辈人的血腥味里。现在你知道了一切，只有你能够救出阿难。我求求你，尽快找到阿难吧！"

苏霏最后的话，语气柔和，完全不像她先前的着急样子，给我的压力，却比先前任何时候都大，因为我的任务，根本不是救出阿难，而是相反。

第十三章

　　听辛格上校说往事时,向苏霏重述时,我一直在想另一个侧面:阿难如果知道这一切,他的自我发现,是什么时候开始的?带着这样的身世,长大是多么不容易的事!

　　与苏霏通完电话,我躺在床上。

　　我听见一个人在说我名字,只一会儿,那人就走了。我的心理空间里,凡有人提到我的名字,我都会有所感觉。我担心是警察找我,身体一点也没有动弹。等那人走掉后,我才从床上跳下来。

　　我下楼,满房子里搜寻辛格上校,仍是没有影。刚站在客厅与厨房之间的过道,女仆走过来,脸上没有一点表情,声音也是如此:"有位中国先生找你,你在睡觉,没有你的同意,我就说你不在。"

　　她拿出一个信封:"他留你一封信。"

　　我谢了她,接过信封,打开一看:

你未开手机。所以我只能自己来了。我在Lytton旅馆，315房间，信封上有地址，请来找我。孟浩，2001年1月22日下午4:21。

原来是孟浩！我有点惊奇，我以为把这头的事情交涉清楚之后，孟浩已经回到中国。但是我回头想一想，孟浩说由他负责与印度警方打交道，实际上没有说他留下来还是回去。我没有问，他也不必告诉我。

我顿时松了一口气。这次昆巴美拉节，印度警察士气突然高昂：他们变成重要人物，全世界都在注视，看这个奇怪的宗教盛典会不会出乱子——印度政府绝对不想在全世界传媒前出洋相，要求警方保证国家的颜面，别弄出某地1995年踩死几百朝圣者的那种事。

人们沿恒河和亚穆纳河几十公里安营扎寨区，当局临时加设了一切保安设施，搭建临时医院、公共厕所。每次三万人进河沐浴一分钟。为防止家人失散或永久失踪，或丢失小孩，小孩被踩死等悲剧发生，当局架设一套广播系统，随时插播寻人启事。

印度警方这一阵受到政府以及全世界媒体的夸奖，几千万人下河，没有出一桩事故。而我的习惯是，什么人趾高气扬，我就躲着点，自我感觉特好的人，往往要求全世界给他让路。

不管怎么说，孟浩留下来，我安心多了。如果我去见孟浩，就必须汇报，从昨天晚上与他分手后到现在发生的一切。还没有二十四小时，虽然我弄到的是他最不感兴趣的东西。

不见孟浩，是不可能的事。我依然觉得疲倦，不过没关系，等一会儿喝一杯咖啡提神。

我坐上人力三轮车,从地图上看孟浩住的旅馆,在城西南,离Assi一段河面台阶不远。过了一阵,我就让车夫停下,我自己走路,在印度有多少是警察的眼线,我已经弄不清楚。斜阳倾倒在恒河起源的那头,无奈地变为陈旧的红色,又是一天在悄悄收尾。

地图上的字母印得太小,我竟回到走过的一个小巷子。有一幢老房子,绛红小标志,印地文与英文并行:网吧。我跨上两步青石迈进门槛,环境不错,放了些古董饰品,正对着恒河的回廊上有几把藤躺椅。

我在电脑桌前坐下,本想给苏霏写几句,她在忙母亲生病的事,盼望我这边有新的消息,写了好几句话,我都删了,最后决定还是不写为好。孟浩却有一封电子信,很怪的信:

全球拥有老虎数量最多的国家印度,它的国兽就是老虎。有一句印度诗说虎"一半是神,一半是魔鬼"。

要孤独的虎来适应世界?庸人遍天下,竟能让虎走投无路?

印度南部桑德班的虎,出没于湿地沼泽,善于游泳并学会了吃鱼。

这种兽王降格求生的事,太少见。孟浩当然知道我生肖属虎。这封信是他来辛格房子找我之后写的。读后我立即转变了心情,我非常不安。孟浩显然是在等我,写此种信,想挑起我的"虎性"?

我来到小广场,这儿全是青石块,娇滴滴的九重葛花爬扑在亭子半圆门上,圆石重叠供有灵伽,洒有椰汁。几只黑鸟啄地上的面包屑。我抬起头来,对面一幢雅致的淡蓝色房子,就是我要找的旅馆。

孟浩很会挑选,旅馆在闹市,却安静,又不显眼。

我看看手表,时间正好,便直接上到三楼。

孟浩打开房间门,看到是我,显得很高兴。他穿着轻便的衬衫,完全没有那天全身西服笔挺时的职业领导派头。房间小是小,床桌椅俱全,地毯也干净,还有单独卫生间、冷热空调、冰箱和电视,这点在印度是旅馆等级的标志。墙壁挂着壁毯,地上有坐垫。红金丝绒落地窗帘敞开了一大半,从阳台上看得见小广场一角,还有几百米外的一座尖顶寺庙。

等到我打量完房间,孟浩就说:"出去走走。"

我知道他不愿意在旅馆说话。印度警方未必来得及装窃听设备,但他的职业习惯如此。

我们一起走在婆罗尼斯的小街里。孩子们顽皮地追逐,一个胖女人在念叨着什么,手里拍打地毯的灰尘。孟浩的步子略大,不过我迈左脚,他也迈左脚,步伐一致,我几乎觉得回到昔日我们一起怀着文学小野心的日子。

我第一次认识他,他在北京火车站站口,等着鲁迅文学院的人来接。他其实不用人接,从老家石家庄来才三小时旅程,又没有多少行李。他只是按通知所说,在火车站出口等。我也来就读鲁迅文学院,在车站广场上,我发现有一个人坐在旅行包上,穿着与我相同式样的旅游鞋，只是他的码数大，我的小而已。

我靠边上站着，出口的人少下来，车站服务员走来走去。他主动和我说话，因为外面根本没有人来接车，而我的样子像学生。一问果然是去同一个学校，于是我们一起去公共汽车站，他帮我提行李挤车。

我很不随和，孟浩和我一样，不仅同龄，连性格也有点相似，不愿意腼颜写信去晋见京城著名文人。我们都有点自视清高，很少真正钦佩什么人，经常在一起说文人无行的丑事，痛骂那些假艺术家。

二十世纪八十年代末那个炎热的夏天，北京街上挤满了人，我在人堆里钻，东瞧瞧、西看看，想找到一个属于我自己的空间，结果染上病毒发高烧，两天两夜躺在宿舍里起不了床。那时大学都不上课，宿舍的同学早晚都在那人声鼎沸处，昼夜不归。孟浩借来自行板车把我运到附近的织布厂医院，一进医院就打针输液抢救。

孟浩差不多救了我一命。这么说有点夸张，不过没有他，我可能不会如此忧伤地走在恒河边上。我这么告诉孟浩，孟浩不以为然，说我是心有亏心事，才想起他的好处来。

说实话，除苏霏外，孟浩算得上是我相当接近的朋友。年龄越大，朋友越少，但愿孟浩不要再做什么上级，至少在这个美丽的傍晚，就把我当作他乡遇故人，尤其在我有许多"与案件无关"的话想说时。

斜对着我们的一个丝绸店有幅挂图吸引我。我走过街，进去一瞧，是模仿孔雀王朝石雕的装饰。孟浩也跟了进来，店里人马上给我们端来热茶。

我们脱了鞋,席地而坐。店主亲自将商品一件件拿来看,并细细讲解。婆罗尼斯以上等丝织品和华丽的纱丽著称。真丝织品在烛焰与不同的光线下,会展现不同的颜色变化,摸上去冬暖夏凉。用火燎一下,真丝有烧头发的焦香,假丝则如烧纸般的寡淡。

店主瘦瘦的,黑黑的,精干聪明。他说开店历史,祖上传下来,三代老店。他让年轻漂亮、额头上点着吉祥痣的女店员,示范怎么穿纱丽,如何露出肚脐。店主甚至没有忘记赞扬孟浩:"你的女朋友很会穿衣服。"

孟浩先灭了他的热火劲儿:"是啊,她每天换一套,家里有一柜子了。"

为了做成生意,店主使足力气,拿出许多丝绸品,其中一条粉色手绣宗教图案的丝绸披巾,冷了可以当件衣服穿,热了可以披在头上遮太阳。一看价格8500卢比。

这条披巾很适合苏霏,她的皮肤白皙,一配上,会更鲜活嫩爽,送给她,或许她心口会好受一些。

孟浩见我喜欢,就将两张美元递过去,对我说:"我不用还价。算是做朋友的一点心意。"

我说:"不敢当。"

孟浩说:"给我个机会。你瞧我们讲中文,角落的女店员在瞪眼看。做个纪念吧,不然我哪一年老死了,你怎么也不会想起我,看见这东西你说不定会说,孟浩那家伙,那年在印度还对我有点人样。"

这个家伙居然还来点幽默。孟浩说这话时太随意,与他一贯的谨慎判若两人,我不知道是什么引起这变化。

已经到了吃晚饭的时候,我们进了一家小餐馆。里面只有三个客人,很安静,墙和瓷砖出奇地花哨,有两面带烛台的镜子。我们靠里坐下后,孟浩转递上菜单,让我点。我没有客气,虽无心吃饭,还是一人要了一份鱼、一份烤肉、沙拉和蔬菜饼。一份鱼附带一份特调奶茶,侍者端了上来。

我喝了一口,香得浓浓的。

孟浩让我看门外街上的石墙。我转过身去,一个印度妙龄女子在招贴上微笑。他说那是印度最有名的电影演员。

"我还以为那又是阿难。"我故意说,我已经受不了孟浩一直不提阿难,我敢肯定他的沉默意味着重大事件。

孟浩说:"不用问,就知道你还没有找出黄亚连的踪迹来。"

"应该是吧。"我同意。辛格上校拒绝告诉我阿难现在的线索,我的工作没有进展。

孟浩没有任何惊奇。他说:"国内那头有了重要突破:黄亚连一个半月前的失踪,现在证实,与涉及走私的那个海关副关长的神秘'自杀'有关。那是一桩谋杀!黄亚连手下的一铁杆兄弟出了车祸,在高速公路上与一卡车对撞,死得突然。这人经手很多账目,我们一直在严密监视,想不到在路上出了事,可能汽车被人做了手脚。"

我吓了一跳,仿佛被人袭击打了一闷棍,声音柔弱:"这个人还有杀人的狠劲?手上竟沾满鲜血。"

"不是说黄亚连亲自杀人,而是他有牵连,嫌疑非常大。你想想,以前各个子公司乖乖地上缴利润,难道没有一个想到卷款潜逃?黄亚连如果没有黑社会手段,能止得住'黑吃黑'?"

我说:"这个能不能立案呢?"

"我这一整天都在忙这个。"孟浩停住了,他清了下嗓子说,"证据已交到印方,黄亚连作为刑事犯引渡。印方要我们少活动,耐心些,说他们耳目众多,一两天就会有确切消息。他们要我们在场便于商量,最后解决问题。只有相信他们了。"

我点点头。这样最好,印度警察为难我们最有本事,孟浩没有直接指出,他的态度明显是解除了让我探寻阿难的任务。

孟浩的声音很无奈:"我们的办案对象成了刑事犯!连我也没有估计到钱与血靠得那么紧。"沉默良久,他突然说,"现在案子办定了,我可以告诉你一些事:其实我遇见过黄亚连,很巧,他参加了1987年漂流金沙江。"

"有这回事?我从来没有听说过。"

"那时我在石家庄一家报纸当记者,也去了。"孟浩说。

金沙江两岸地形险恶,野生动物多,是个打猎的好地方。天光微弱,黄亚连的火药枪照样射下三只斑鸠来,以前在云南当过支边青年,很多人有好枪法。

阿难这个冒险家的新形象,真是让我万分惊奇。

"那你对他什么印象?"

孟浩说当时已经晚了,没有注意谁是谁,跟着一帮人去打猎。等到第二天有人说起,那个姓黄的就是赫赫有名的歌星阿难,他才注意到那家伙,穿一身迷彩服,不太理睬别人。那时他肯定已不唱歌了,不然不会到这种高寒地方探险,一不小心会毁了嗓子。

"有一次大家一起在饭馆吃饭,吃得热火朝天。这时服务员端上一条红烧鱼,说是刚从河里捉上来,新鲜得很,厨师技艺顶尖,鱼熟了鱼嘴还能动。大家争着看,果然那鱼嘴在一张一合地吐着气似的。殊不知黄亚连脸一下就变了,哗啦一下掀掉一桌酒菜,起身离桌扬长而去。"

"噢,"我说,"那时他就有动物保护意识!"

"慈悲心肠吧!"孟浩说,"大概正在寻找发财路子吧!不久就下海了,终于大慈大悲地杀生了。"

"都说男人也喜欢与他交朋友?"我兴致浓厚地追问一句。

"傲慢无礼!"孟浩说,"目空一切,自认成功易如反掌。"

"那是黄亚连,不是阿难。"我不知为什么要强调这点。

孟浩看了看我,我以为他要反驳我,他却没有吱声,不过样子非常失望。他知道我一向对阿难心软,这次却没有教训我。

我不必在意孟浩的反应,他一向是理智的,看法比我全面,尤其在现在,我对阿难的某些片面知道太多,反而容易糊涂,不知该如何看这个人。

于是我告诉孟浩辛格上校讲的一切。从孟浩的神态里,我感觉到他知道黄亚连的一些背景,但细节远没有这样详尽。就像一个中国书场听众,听过章回目录,早知道故事结尾,不再提心吊胆等结局,却有滋有味看命运如何移动一步步棋。

我说完那个悲伤的故事，叹了口气的时候，孟浩竟然也叹了口气，和苏霏有些相似。这倒使我有点感动。我有点过分把他看偏，如同我一直忽略他的长相，应该说他五官生得不错，个子也高，背挺直，越远离文艺，气质就越儒雅。这真是意外。自从他放弃文学，进入政界就完全职业化了，本来他就是一个做什么都很投入的人，不仅做事认真，还有道义感。

我对孟浩说，可能黄亚连是一步一步发现自己的身世的，也可能是他叔叔曾经告诉过他不少，但一再警告这个五十年代的儿童，不能向外人露一个字。因此，他就在沉默寡言中长大。

孟浩说："做人很难。我们大家生下就是孤儿。"

我两眼直瞪瞪地望着孟浩，不明白他怎会变得如此哲学？他说话时声音还是一贯的公事公办，可他说出的每个字，我都记住了。人确实是双面怪兽，什么时候以什么面目出现，得由这人的控制能力而定。孟浩查过阿难的"文革罪状"，我就是从他那儿知道的，可孟浩从来没有对我说起过他自己的家庭，他的父母及哥哥姐姐也落进"文革"的一个个圈套，吃过大苦。他的妻子有次对我说，她与孟浩在许多问题上看法各异，交流存在障碍。

"他有过女朋友吗？"我问孟浩。

"他的档案里没有记录。"

"不可能没有特别持久关系的女朋友。"

孟浩说，黄亚连那时对女人不感兴趣。耽于声色是后来的事。不过在成名之前，可能没有女人愿意跟他。他戴着"5·16分子"的帽子，在西双版纳农场是割橡胶能手，八年夹着尾巴做人，住草棚屋，床底长野蘑菇，看一次电影，要步行几十里山路，那种生活磨炼人的意志。孟浩自问自答：有一点疑惑，这人不知靠了什么道数，竟得到农场领导同意参加1977年高考，而且考回了北京。否则1978年年底云南支边青年集体卧轨要求回城，轰动全国，总会浮出他的本性。不过他不会参加，他沉得住气。他怀着野心，凌晨抽空就在森林里练声、练琴，八年如一日。

"那是唯一救自己的途径，他当然会不惜一切。"我想了想说。

"他知道自己不会久居人之下。这个人的本性，就是随时要做命运的主人。"孟浩语调冷静，但听起来还是很刻薄，"命运哪有那么多主人？天堂太拥挤也会堕落成地狱。"

若丈夫与我在此，他不仅会赞成孟浩的观点，还会建议找家中国餐馆吃饭。他会讥讽我：穿印度传统服装，算是入乡随俗，实际上找借口穿奇装异服，自我得意。

我自然会反驳："到了印度还吃中国菜？我喜欢穿印度服装，受不了，你先走一步。"

丈夫将一把抓住我的手，狠狠地望着我。突然口气变得温和："请原谅，我心情不对，其实我是想说你穿印度服装不错，可一说出来变了口气。"

我走神了，孟浩结完账，站起来，用手拍拍我的肩。

我对他抱歉地笑了笑。

"和我再散散步,这么一个风和日丽的傍晚,转一转吧。"孟浩善解人意地说。

回辛格上校家,这老头不露面,干着急也没有用。暂时不想那些令人困惑的事,于是我对孟浩说:

"我们去找一家咖啡店吧,听说这一带的咖啡放了香料,很有特色。"

孟浩点点头。

我们出了餐馆,信步穿过街,拂着盛开的九重葛,站在石阶上,夕阳从半圆形的拱门漏下阴影,混合着色彩,洒在我和孟浩身上。我突然觉得这个夜晚才刚开始,我不想这么快就让夜晚走开。

第十四章

我跟在孟浩后面，很自然地往他的旅馆走。没有邀请，没有推托，没有说一句暗示的话。旅馆不是太远，一会儿就到淡蓝色房子前。

进到房间里，孟浩打开冰箱，从里面取出一小瓶二锅头。我拧开酒瓶盖，孟浩拿玻璃杯子，酒里放入冰块，色味都温和。我们手执一杯酒，面朝阳台坐下来。天色早就变成深红淡红，小广场还没有点灯，人并不见少，一家家店都开着。孟浩站起帮我添酒，我道了声谢谢。他站在我身后，喝得镇定、缓慢，喝得孤单，仿佛我不存在一样。

本打算逃离北京熟悉的世界，结果在恒河边还是喝那儿的酒，和那儿的孟浩在一起，世界奇怪得弯弯绕！

我和他认识已经那么久，十多年了，最后甚至成了他的下属。也许正是这样，妨碍了我们的友情朝任何方向发展。或许是在异国他乡，人与人间没有各种关系的禁忌，各种人际戒备自然放松。

不对，我不能说自己脱尽流俗。孟浩呢，自制力强，道德感更强，不然他不会献身于这种困难的工作。但是这个晚上，我和他说的话，比这些年来所有说过的话的总和都多，说得如此投机。这个突然发现，改变了我对他的看法。先前我认为孟浩处理这个案件过于冷酷，太职业化；孟浩认为我是温情主义，文人气息，思路散漫，抓不准目标，一深谈，就发现对方不一定错，自己也不一定对。

昨天晚上孟浩和我一直在谈案件。今晚吃饭时，我俩几乎达成相同意见：黄亚连的事，无论最后查实有多少，他都应当敢于自己出来说个清楚。这个人在艺术正趋向成熟时，突然放弃艺术生涯，去做了自己认为更值得做的事。对这点，孟浩还相当服气，因为他自己就是这样做的。他认为最出色的男子汉，有能力证明自己能做好任何事。既然如此，好汉做事好汉当。

但是我依然不明白，既然阿难生下是孤儿，16岁又成为绝对孤身一人，这么大半辈子，有什么必要找从未联系的舅父，远远地到这个印度来找？

如果不是来找舅父，他来找谁呢？

节庆期间，这是个不夜城，灯海绵绵不绝地向恒河两岸延展，暗淡不明，像是蜡烛在闪烁。这房间应该朝着恒河边，也就是朝着东方的，隔着小广场，既见不到河水，也听不到静静的流水声。

我把酒杯放在一旁的木桌上，将椅子移了移方向，然后说："你讲过，苏霏不惜用我做她的私家侦探，这也证明她很明白，我除了写颠三倒四的小说之外，还会做一些别的事。例如，她也许知道我是黄亚连一案侦查人员。"

孟浩坐到椅子上，听我说下去。我很少就案子本身发什么评论，他感兴趣了。

我说，再三思考后，觉得两周前她急于让我上印度来，想到的不是我们的调查。她当然知道走私案牵涉到他们，案情越来越严重。她把我引到印度，是有意暴露阿难的踪迹。她想到的不是案件牵连。苏霏在阿难的来去影踪上始终撒谎，就是说明他们之间二十年，可能分分合合，有过多次波折，苏霏都能把这男人弄回来。这次阿难失踪，可能她真是害怕会永久分开了。

当然，这两个人是共犯，狼狈为奸。不过阿难跟她相爱，已有二十年，十四年前阿难才下海经商，不能说他们一开始就是利益结合。十四年前她养父，那个管叔叔，由于投资股票失败，跳楼自杀身亡。苏霏从不对我说这事，那时他们家的投资眼看全盘皆输，即将破产。可能是她的绝境，让阿难最后下决心闯进商海，也可能为了苏霏。

看来是他慷慨投资，使苏霏的事业不仅得到挽救，而且在香港的新型经济中独占鳌头，风光十足，俨然领导潮流。一旦苏霏大获成功，他们的感情，却产生了危机。阿难对爱情的"纯度"，或许要求很高，可能他认为男女之间感情，必须毫无利益考虑。

苏霏让我到印度来，没有其他切实利益动机可以说明；阿难本人上印度，而不是北美西欧，也没有其他实际动机可以解释。

"你这话究竟是什么意思？"

"她真的怕阿难出事。她知道我和她一样怕失去阿难。"

"行了，不要玩文字游戏了！"孟浩的声音冰冷，"你是说，苏霏要的不是钱财而是爱情？"

我不说话。孟浩的确是个聪明人，一点即透。

他说："假定你分析得对，那么黄亚连呢？"

"我怕的是很多事情，尤其是与苏霏的种种纠葛，把黄亚连变回阿难了！这就是我们无法找到他的原因。"

这些话在我心里已经隐藏很久，一直不想对孟浩说而已。今天孟浩出乎意料地理解和同情，使我觉得应当把话挑明。阿难想回到成名前，认识苏霏前的自身，竟然在德里举行演唱会，就是试着朝回走的一步印迹。他可能真是在香港的印度领事馆以参加音乐节的名义申请到签证来的，但是阿难失败了，这个世界，哪怕是在印度这样遥远的地方，他也难以回到阿难自身——不只是演唱的失败，不只是自己父母的身世。我想是他的舅父向他揭示的一切，他看到自己的灵魂空虚。

孟浩沉思良久，才说："有罪之身依然，不管他现在的主观意愿是什么样。"

我也沉默了，法律是法律，要悔罪，先得认罪。我和孟浩心里的想法一样：二十年之久的男女之爱，对当事人弥足珍贵，却不能洗清罪孽。

孟浩抬起头看我，正好我抬起头看他。不知为什么，我们同时站起来，手指已经握在一处。他像一个兄长一样抚摸我的脸，轻轻说："你怎么弄成这么瘦？"

"是为你而憔悴。"我脸红了,赶快掉过头去。印度是一个容易把心向人打开的地方,让人心里放松。这点太神秘。不过我也明白,这点神秘是河面上漂浮着的烛火,一个浪过来就可以把它熄灭。

一切都是那么自然,没有任何勉强。当我们并排躺在床上时,不知为什么我心里有了依靠,多年来第一次脱去了一身咄咄逼人劲。当他抱住我时,仿佛有层温柔的水流过我的脸和身体,我变得非常安静,也把这安静带到了整个房间,连空气都是安静的。听得见旅馆旁边丝绸店的门叮当一声打开,叮当一声关上。店主迎客和送客的声音也传上来。更多的灯如星星闪亮起来,小广场还是热闹,人不断,差不多全是游客。

楼下一层有人用英语问:"有房间吗?"

"没有,没有,全客满。"

"谢谢,谢谢。"

这些声音太清楚了,就像孟浩的声音太柔和了一样。他小心而有激情。我身上的衣服该被脱去的都脱去了,我身体所有有入口的地方都浸透着等待,我希望自己就是一坛陈年佳酿,散发着奇香,晕眩着往上飘,伸开手,飞上天空,飞过地狱。壁毯上的印度女神是卡利吗?她丈夫湿婆是创造之王,也是摧毁之王,还是舞蹈之王,此时正站在她身上,不对,是她站在他身上,他奇大的阳具对着她,她手里是剑,两只大乳房垂托着珍珠项链,她的另一只手提着一个男人的头。

看不清了。

我心里明白的,这个晚上我想和人做爱,想知道身体自由升起下落是什么,只要对方是我之外的一个人就行。可是我的身体没有情欲,即使想到阿难这个浓烈的阳性香料,我的身体也只是一般地应和,很不满意把自己交出去似的,别扭极了,弄得我又困又累。

我很快就睡着了。我站在一条斜斜的巷子里,这条巷子极宽,很多穿黑燕尾服的人经过我,我都朝他们点头。本来很阴郁的天气,突然阳光乍现,一个男人从巷子那头走来,一把抱起我,转了一个圈,然后放下我,命令我解开他的衣服。

我醒了。一摸,脸上有汗,我生平头一回记不清丈夫看我的轻蔑神态。透过满是星光的夜晚,我还是看得见他把床单铺在地板上,和一个女人在一起,但图像被蒙了一层白纱。他在男女之事上一点也不学院,是先锋派,好像搞装置艺术。女人让他画蝴蝶在背上,他画了两只。

开始我想找一个男人,心里带着报复的仇恨。但是好几年下来我守身如玉,完全不近男色,我没有用这种事报复他。如果丈夫曾经往我心里捅刀子,有时还在伤口撒辣椒粉,甚至故意把一面镜子放在我面前,我喊不出痛,那么这个晚上,我才敢将刀子从自己的伤口拔了出来,忍住痛,满头是汗地包扎伤口。

大慈大悲的佛陀,应该来度我。

"孟浩。"我轻声叫他,我知道他并没有睡着。

孟浩伸过手来,把我揽在怀里。他的心跳渐渐快起来,他对我说,腿挂在床边上,这样他容易进入。

我说,你不是刚来过?

他说,刚才做得不好,太激动,很快就结束,难道你不知道?

我说,我睡着了,我以为你一直在我的身体里。真抱歉,这几天我实在是太累了。

他叹了口气说，你是渴望和另一个人做爱，你想的是那个男人，我知道是谁，可我不是他。你翻过身去，好好睡一觉吧。

房间里没有灯，小广场的灯光虚虚地落到阳台上，映着孟浩盖了一条被单的身体。他睡着了，睡得很熟，均匀地打着鼾。我可能只睡了一个钟头，时间大致没有翻过十二点。街上的夜市，包括那家丝绸店的开关门的叮当声，传到耳旁。

有男人在小广场击着鼓，鼓声轻了，换成曼陀铃，歌声悲伤低沉。我记起孟浩在睡着前说的话，他知道我心里想着别人，他有自尊心，不肯说阿难的名字。

我问自己，我真的想的是阿难？

我不知道。可能我只是想着一个人，我认为我会爱这个人，而这个人也会爱我。我没有遇到这么个人，到死也遇不上，但我知道有这么一个人。

我不需要回答是不是阿难，小广场的歌声又一次转移了我的注意力，仔细地听，完全是地道的北印度歌曲。可惜听不懂歌词，在转过音调时，我能感觉到唱歌人眼里含着泪水，越听越像一首久违的歌中回旋的合唱：

安娜安娜，我想飞翔，向蓝天如翡翠，
你不在这儿，天暖草长，鱼游进深水。

> 安娜安娜，我在想你，和我一起飞，
>
> 你不在这儿，我四顾无人，满心劳累。

这是阿难的歌，它不由自主地从我记忆深处升上来。这是他唯一有合唱呼应的情歌，满满实实的情欲和渴望，每行唱句的起头"安娜安娜"，与"你不在这儿"是柔和的女声伴唱，极大胆的安排，好像是从合到分，归向孤独。我许多年都没有什么爱情可言，也可以说是没有什么人对我有爱情，所以我从来也没有与这歌产生呼应。

这歌一旦自己轻吟几遍，就明白奥妙了：安娜，就是"阿难"的谐音。阿难以女人的口气写的这首歌，以男喻女反写情思，以女声伴唱提示。我想苏霏是知道这个构思的，因为我好几次不经意间听她哼起这曲子。

阿难写这首歌是在一个冰冷的屋子，他在屋子里来来回回走着，摸摸椅子，好像还有心上人的坐印；看看书，那是心上人手指的折痕；最怕上床，因为心上人的体温气味依旧。他拿出吉他，拨弄一串和弦，都是她和他在一起的情景。这歌就这样从琴弦上流了出来，离别的难熬，就升华了。

但是他们的告别却是在一个豪华房间。她跪在地上为他脱鞋；她站着，身体贴着他，为他解开领带。他为她洗头发，站在她身后，她在快洗完时抬起头来看镜子，对着镜子她自己红润的脸说：快洗完了吧？

他说，是的，快洗完了。

洗完头发,她到浴缸里,等着他脱掉衣服跨进来。

她说,抱紧我。

他在她的背后,吻吻她的脖颈,将香皂仔仔细细抹在她身上。他给她洗好后,她到了浴缸外,拿了一条白浴巾擦身上的水珠。他用棕毛刷子刷背,刷子另一面可捶背。

你无法想象,谁是我最爱?她自言自语,没有看他。

他说,我知道。

我知道,他重复以前说过的话,继续说,如果不是这个该诅咒的金钱贪欲,那会是多么幸福!他站起来,手一扬,吉他砸到墙上,发出一声强烈的哀叫,落到地上碎成两半。

我心里一阵难过,脑子里全是阿难脸上苦不堪言的各种表情,好像在说,如果我不是一个男人,我早就哭出声来。我情绪性地想着他的话,躺在床上好几分钟后才有些平静。

完全平静了,我才轻声下地,摸着黑找内裤和乳罩,找拖鞋和裙衫,穿好之后,再找到我的包,悄悄走向门边。这时,孟浩翻了一个身,我本能地站住了。

可是他没有醒。

我用力地拧暗锁,拉开房间门,走了出去,又把门小心拉上。

走廊和楼梯灯很暗,我小心地摸着墙走,结实的旧地板,虽然有些地方吱呀响,不过是小小的呻吟,是对离开者的眷恋。

小广场周围的店都关门了,不过还有人在乱逛,都和我一样做夜游神。我不想看手表，第一次不想知道时间，就这一点，我在印度快一周，才算成了四分之一个印度人，可怜的我。街上空气好，我脑子也清醒多了。穿过一条巷子，好些小油灯围着一个赤裸躺在地上的人，有十几个蒙面人绕着他走。我只看了一眼，便转过头，怕有什么巫术惹上身。天空有少许的星星，黑得发蓝，只看得见远处寺庙的一个尖顶的轮廓。

我穿行在肠子般细窄的巷子，朝寺庙走去，月光集中亮度照着那儿，白塔蓝幽幽。不用问人，只需经过寺庙，一直往东，就该是对的。

我是见着莲花的，只不过莲花被我弄脏了。清晨一两点，河边石阶上，薄雾笼罩河面。我走入一月冰冷的恒河，浸入河水浑身打激灵，河水冰凉刺骨，最多只有三摄氏度左右，河水并不清澈，一个河阶平台有个火化仪式把骨灰撒下河，另一个河阶平台有人用河水洗衣煮早饭。水触及我的皮肤没一会儿，全身便有触电的感觉，我褪掉衣服，赤裸着浸入河水，包括头发，一身水淋淋仰起头站直，双手合十，顶在额前。

那个作为我丈夫的人，我和你错在哪里？我没有和你坐下来仔细谈，谈上几天几夜，像我们恋爱时一样。当我们的婚姻危险开始，我只是躲开，从不面对；只是挣扎，从不反抗。只有那个时候，你当面侮辱我，与别的女人做爱，我最多不过是将卫生间里你和她的牙刷扔在地上，仅此而已，几分钟后我还得拾起来，放回原处。

我应当为这样的生活感到羞耻！后悔我是一个软弱的女人，我回到北京第一件事情就是和你离婚，我早就该让你从我的生活里滚开！我们俩组成的这个家是虚设,家不成家:痛苦地面对这个事实,比痛苦地掩饰这个事实,更需要勇气。

我一直就是一个无家的人。我试着寻找家,精疲力竭,却发现家并不存在。母亲的子宫,也不是家,那只是我降生在这个世界的一个过渡物,而且即使这样,还回不去。

哦,孟浩,你是我的好朋友,忘了我吧,你不该在这个时候走近我。我担心你失望,一个晚上在一起,我发现你其实对生命充满失望,我还好意思这么想,你把失望带给了我。我的失望转变成绝望,我们做了爱,并不是一个女人与一个男人,而是两个快溺死的人共同抓住一个像救生圈的东西。

我应当告诉你,我不会爱你,我只是喜欢一个朋友,我实际上欺骗了你的感情。

天一亮,你会发现我不在房间里,你不必难过,相反你快点忘掉这件事。离开婆罗尼斯吧,你是理性和秩序的代表。

我换了一口气往下说,这里没有人也没有神听得懂汉语。汉语可以说得无所顾忌,说到河对岸都有回声,云团遮住星河,月亮隐在阴影里。

我唱起家乡求神歌,小时看观花的人唱的,拖长尾音,闭上眼睛,咿咿呀呀。以前的邻居,从不打麻将、不打牌,吵架打架、说闲话、挑是非,可哪家一出事,还是会伸出手帮一把。他们不是坏人。

"文革"武斗两派打得厉害时,到家里来抓人。街坊邻居本来有两派,这时两派的人都拿着扁担板凳守住大门,不放人进来抓走人。他们像打仗一样吼叫，我也到门口参与吼叫。时间流逝得快，三十多年过去，邻居们差不多都死了，他们的亡魂一定会上天。

我轻轻祝福着，我不知道我心中的你是谁，我是个可怜的中国女子，一个没有上帝的人。但我此刻强烈地感觉到我需要一个你：高尚的存在，超越的终极，一个绝对纯粹的你。

我突然沉默了，忏悔在心，不在嘴，也不是不在嘴，我脑子里全是人影和声音，可是看不见自己的心。

第十五章

从恒河边回到辛格上校家。上床时,苏霏的身影突然出现脑海里,她看着我,跟以前她与我在一起一样,不过她的眼睛不如以前那么有神,显得虚虚渺渺。这一整天发生那么多事,有哪些可以告诉苏霏而不触犯纪律的?

电脑屏幕是1月23日凌晨3点31分。我想了一下,打了一行字:

"你一向洒脱。放得下,放不下,都能放下。"

马上有了回音:"就是放不下阿难,现在我才明白了:世代冤孽。"

这个苏霏,清晨六点还没有睡?要知道她那边的太阳已开始顶出地平线。或许她只睡了一会儿,就起床了。

怎么劝她?当我告诉她辛格上校讲的故事时,她就该明白这个局面,可是她没有。一定是她的脑子经过强烈刺激,过滤沉淀后,终于总结到这个荒谬的陈词滥调上来。前代冤家与今世男女有何干系?先世的死结就应当由后辈来解开?如果能解开,哪来罗密欧与朱丽叶式的殉情戏?

这些嘲弄她的话太残酷,这两个人的分离自有原因。阿难在变,苏霏也在变,这关系怎么可能不变?苏霏现在的解释,怪在前世先人身上,只是满足自己的容易逻辑。讲这些无用,当前的死结还是解不开。我决定把这棋跳过,直接推到下一格:

"你认为阿难肯定知道一切?"

"凭他做事的干练和彻底,他早就弄清了关节。"

"这就是他失踪的原因?"我想起阿难半中国半印度的诵经式歌唱,"他对你失踪,还是对全世界失踪?"

打出这句子,我发现自己有点露出我们都心照不宣的玄机。

隔了好几秒,苏霏才传来四个字:"水底之火!"

苏霏似乎想表达什么。难道阿难的灵魂不附在一个具体的肉身上?火如何遁入水底而不灭?但这不是谈玄的时候。

莫非每个人都在等着印度警察帮助?再过一天就是1月24日!昆巴美拉节最重要的祈福之日,他们的效率再高也集中在恒河边上,绝对不想出任何差错,当然没有花力气找阿难,连眼边余光都不会留给阿难,大节后,才有精力对付孟浩的催逼。

想到这里,我突然记起辛格上校说过的话:"知道了这些,也就知道到什么地方去找阿难。"现在我都知道了,但是到什么地方找阿难呢?

"他会到什么地方呢?"我不由自主地打出来。

"恒河!"

"恒河!"

我们几乎同时打下这两个字。

苏霏有几十秒钟没有回答,我看着屏幕上自己写的所有的字,不由得害怕起来,于是急急忙忙敲字:"下一步怎么做,请明示。"

"没有下一步。"苏霏打来的五个字,出乎我意料,不由怔住了。然后出现更加不讲道理的十三个字:

"你什么都别管可以回北京去了。"干巴巴的,老板炒雇工鱿鱼时的腔调。

做富婆的私家侦探的工作完毕了,报酬不错,我无可抱怨。还有什么可说的?只觉庆幸。

我从床上爬起来,到走廊上,从窗子望着天光渐渐明晰的恒河方向。那儿将有据称是人类历史上最大的集会,几千万人共同沐浴,天下罪人之多让人忧虑。太阳是最公正的神,要不了多久,就将普照他们。

我只能承认失败,要在他们之中找一个阿难,的确不可能,除非辛格上校愿意帮助我们。当然他不会的。遁世者无家无国,他的外甥罪孽再深重,他也不会交给任何一个国家机构处理。

不对,我仿佛感觉到我的电脑在咯咯吱吱作响,在提醒我事情不会那么简单地了结。我赶忙奔回去,果然有一行字:"我忘了告诉你:我母亲昨日夜里11时去世。"

"我的上帝!你怎么能忘记!"那个仪态万方的老太太真会选时间离开这个世界。

"这世界有什么应当记住?"

"亲爱的苏霏,或许你是对的。"我匆匆写道,"节哀,务必节哀!真不应该告诉你那一切,给你痛上加痛。"

"错了,你昨天告诉我的故事,是最好的安慰。"

"平静一些,苏霏。"

我感觉得到她内心的挣扎,那儿像一个煎熬活人的地狱。这时候,她的整个世界全部掀翻了,翻了一个转后,不再有云层加厚等暴雨冲裂了。再也不会有一夜的狂风,刮走全香港遍地的财富,更不会有她的养父,从高楼向窗外飘飞的洒脱。多年前的那天竟然和这一天如此相似!她一定在默默地哭,把泪往心里吞。

看着屏幕上长久没有她的字,我很想打电话给她,可我还是忍住了。终于,出现了她的字:"回家去吧,我们都回家去吧!"

我躺在床上,没有几个小时可睡了,感觉非常累。我吞下两粒安眠药丸,吃了跟没有吃一样,而且更烦躁。我坚信整个人类应分成两大族类:失眠族和好睡族。失眠族的痛苦,好睡族永远无法懂得。我摇摇头,把自己的手指扳得叽叽响,没用。我无奈地捶地板,捶一下,就诅咒一次睡神,诅咒世界。

可这是在别人家做客,我马上就停止了。

我披了一件衣服坐起。到楼下花园走一圈吧,想一下清晨滑出洞的蛇,就止了步。唯有这个房间,才属于我,还是待在熟悉的环境。我重新躺下,一会儿又坐起,坐不住了,干脆下床,索性在房间里来回走。

整幢房子里,如果有人没睡,已经早起了,那么就会听见我细碎的脚步声，重复地、不厌倦地走，父亲的身影总在眼前晃动，我艰难地走过了恒河，悲伤地走到了孟加拉海湾，可就是渡不过茫茫印度洋。我确信，我的灵魂回不了自身。

失眠折磨我近三个半小时，从凌晨3点50分到早上7点半。天大敞亮时，我终于合上了眼睛。

醒来我发现自己在地板上睡着了，抓起手表一看，已经是第二天下午四点。我套上棕色薄毛线衣和同色裙子，漱了口洗了脸，头发来不及梳，就开电脑，没有苏霏的信，也没有孟浩的信，我的手机一直开着，他也没有打电话来。

我不想打电话给孟浩。一夜情就是一夜情，我和他得什么事也没有发生过一样，回到以前纯粹的工作关系。最好他这时已经在北京了，或在返程飞机上。我是下属，孟浩没有命令，我只能留下等指示，虽然我不知道能做什么。

我沿恒河边走，心情沉重。

有个女子和我一样高，从我身边走过。她棕黑的皮肤，像是印度南部的，披着一身黑衣，戴顶帽子，打扮得不伦不类的，她突然停步，看看我，摇摇头。这女子的神态，让我心里有种异样的感觉。

我决定跟着她走。我根本就没想找阿难，虽然我得找他，苏霏交代的任务结束，另一个任务却没有结束，孟浩说印度警方让我们不要"任意行动"，但他没有给我明确指示，让我结束寻找。

明亮的白色浮雕在树荫间,夕阳西沉,火红深紫的天空下出现了一群孩子,有的背着抱着小小孩。不远处有一些老朽的房子,典型的伊斯兰风格,全是两层围在一块,像一个院落。

黑衣女子进了院子,不见了。

我大着胆子,走进院子里,居然听不见人声,有猫叫,安静得人的咳嗽声一清二楚。拱形回廊垂着黑锈吊灯,停了辆破旧的白面包车。我敲一个蒙着窗帘的房间的门。这个门离我不是最近,反而较其他门远,但那窗帘在动。

门开了,好几个打扮得漂亮的女人,戴着五颜六色的玻璃珠子,披着大胆色彩的纱丽。有一个染红发的,正在戴上胸罩,可是她的胸是平的。我有点明白遇上什么人了。在东南亚这非男非女的人并不是稀罕事,但在印度,我没有见过。

房间实际与另一个房间相通,我往前走,没有人问我找谁,有人在折叠洗过的衣服,有人在做花环,还有人在对着一面大镜子抹口红。我终于走到最里间:点着蜡烛,面对门,一个人席地而坐,正是那黑衣女子。

我双手合十,跪在毡子上。她看着我。

我把阿难的名字写在她面前的沙盘上。"Ananda,"她重复说,"终年在喜马拉雅山,每日面对朝阳跳舞。"

"弄错了吧?"

"越过黑森林中猛兽长啸的节奏。"

再追问下去就没意思了。我还能真相信做过男人也做过女人的人,就比常人聪明？

我出了这幢房子，一人坐在遗址的一块石头上，吁了一口长气。命运把玩人，人把玩命运。但这点测试却无法向任何人说。

那封孟浩的电子信，说老虎的。我想起来，有点懂了，他似乎回答了这个问题。他在工作上敬业投入，甚至献身。可现在我知道这是个内心相当孤独的人，他和人其实很难沟通，只有和我容易些。原因在于他不相信任何人，他相信我，是由于我们从前有那样纯粹的朋友关系，自从答应参加他的小组工作，我守纪律，严格保密，别人休想从我嘴里掏出半句我不应该说的话。

不过我真不适合这工作，如果阿难一直在搞音乐，我绝对不会来侦查他，当然也不会这么无奈而彷徨。我看着河面上的鸟从几只变成一群，飞高飞低，绕出一个个弧线。那些长长的竹竿向天撑出一个个鹰巢，无鹰来觅食，成为我面前又一道特殊的景色。若阿难不是我少女时代的偶像、英雄，坐在这恒河边的石块上，我也绝不会如此矛盾，爱恨交加。

我顺着原路往回走，心里祈盼辛格上校会回家。

女仆告诉我，辛格上校不在家。她对我非常礼貌，说晚饭已经准备好了。

我说，我已经吃过了。

她说，那我去为你准备洗澡水。

今晚，在中国是除夕，人们在欢欢喜喜团圆。这儿过年是10月，据说迎新年时全家聚哭,涕泪横流。笑笑哭哭皆是异族人不懂的事。就像不懂女仆的洗澡按摩一样,也奇怪,一旦我心里拒绝,她的香油和歌都不灵了,她的相貌也变了,从和善变得冷漠,走路也难看了,声音更刺耳。她一走进浴室,我就感觉不对劲,一上床头便昏昏沉沉,身子也动弹不了,很不舒服,像有无数根针将我钉在床上。

我开始恶心,几乎觉得整个印度的咖喱都堆到我身上,我也开始和其他中国人一样受不了印度。这一定是个神秘的时刻,让我明白我尘缘未了,孽债难消。这个地方无处不宗教,宗教太多,法力太大,深奥莫测,也让人难以消受。

苏霏反问我:"什么不能忘记?"如果她连母亲去世都能忘记,她也要入圣道了。难道她不知道,死不放手地爱一个人,必定会失去这个人。

她为什么没有和阿难结婚?我不止一次想过这问题,她是个聪明人,不结婚,两人都有自由,感情反而牢固。但我不认为是这原因。这两个人从认识到现在已经二十年,这么长的岁月,他们可能一直在犹犹豫豫。

办案组里的人说,他们不可能结婚。就生意经来说,两人结婚就等于两个财团合并,许多转手生意进了同一抽屉。许多差价利润就此消失。分账可上下其手,合账就明白无遗。

这么一解释,金钱真是万恶之源,毁了艺术,也拆了爱情。

我不同意小组里有些人的判断,认为黄亚连为了情妇而舍身犯罪,像中国某些大贪官一样。阿难经历过的女人太多,也太聪明,他不会被任何人牵着鼻子走,哪怕是苏霏这样漂亮又能干的女人。

阿难恐怕是向苏霏求过婚的,在最近,也就是他从苏霏的世界消失之前?他们可能认真订了婚。只是由于他突然发现身世与苏霏有关,才将一切情丝斩断,他对自己极端残酷,甚至使用了暴力。所以,当他失踪,苏霏才会反应那么强烈。两人都有幼年时的心理创伤,她没有父爱,有点变态地在他身上寻找父爱,相反他也同样在她身上寻找母爱,两人的要求都是双倍过分。

我是俗人,自然以俗人的角度想象一切。

在我的世界里,像我这样的俗人,越来越多,也越来越俗。想出世人道的人,越来越少,自然也越来越玄。那个雅号阿难的黄亚连,从一个极端滑到另一个极端,可笑又可恼,他如何能回头?

"恒河!"想起我和苏霏说过的话。亏我们俩想出这个神圣地点!我和她还谈了些什么呢?想不起来,就是没有。

"他心中有家吗?"我问自己。

"他出生的地方。"我自己回答。

"辛格上校会告诉他,出生也是虚妄的空无。"我再问自己,"那么他需要涤罪吗?"

"他有什么罪?"我反问。

"人生即罪。"

这回答未免宗教味太浓了些。

如果明天阿难在恒河涤罪,也太自我降级了,在什么好莱坞明星大新闻后面贴一个东方歌星小新闻,就像他那些赚钱的少女少妇时髦刊物,庸劣到恶心。如此一来,我也得到解脱:这件事就不用我沾手,上万警察在虎视眈眈。我的切身经验证明,印度警察只要愿意,效率就相当不错,自然会就地抓捕他。引渡回国会判什么刑,是他本就避免不了的命运。

阿难是母亲被革出教门后才生下来的,他甚至连半个印度教徒都轮不上。他的罪——如果他有罪,不管是经济上刑事上的罪,还是灵魂上的罪——不可能用恒河水洗净。正像辛格上校,他由于妹妹的死,对印度教颇为怀疑,他苦行,又不按印度教的严格仪式修行,他一样无法得到涤罪之福。

不管怎么想,他都不会在这七千万人堆里,凑什么大壶节集体狂热。黄亚连要变回阿难,苦海回头实在是太晚了。

如果他不到恒河涤罪?那么我留在这里也没有用。

孟浩,对不起,我不想奉陪了。连苏霏都说一切都能割舍,我对阿难的一点依恋,顶多是一点仰慕和好奇,有什么舍不得?还是学学苏霏吧。我知道,从开始这旅程,她便将她的灵魂依附在我的双肩上,只有这刻我才感觉到肩上轻了,就是事实,她能洒脱,我就不能超然?

不管是什么情况,都该是我离开的时候了。

俗人有俗务:明天我还去恒河边看一眼热闹,然后到离得最近的机场,趁大群人尚未离开,及早飞走。当然是明智的做法,再一转身,把一切都扔在身后。

天微微发亮,我就起身去恒河边。河边已是另一个世界,那儿的晨光,那儿的新鲜空气,那儿的神秘以及那儿的熙熙攘攘,钻出巷子还未下到石阶上就听见了。

"到阿拉哈巴德!"到处都是船夫在高声叫唤。

今天是大庆,所有船都顺河而上,一切道路通向我们的神。站在石阶上,看着人们扶老携幼上船,我摇摇头,说不出的感慨。

我的行李已收拾好,留在辛格上校家里,我只是来向恒河告别。

我能想象到,等我以后对人说起这些事时,大多数人只是问,你去过印度,怎么样?有哪个人会问我:印度触动了你的心吗?

当然对这种问题,我都不会回答:职业要求。小说里的印度是我虚构的,是个象征,不是你的印度,起码不是你一向认识的那个印度。

我打了个电话给巴巴浦机场问票,果然今天从德里上午来时满座,返回几乎空机,票价减半。我立即订了一张九点半的,八点赶过去完全来得及,机场并不远,离市中心只有二十多公里,去机场的路肯定也是坦荡无阻。打一个出租车很方便,一个半小时足够了。

这几天都在这一带走,我已经熟悉恒河每个有特色的河面石阶的路,知道从哪条小径穿过,会近一点到下一个河面石阶,明白绕过这幢房子,就是一坡又陡又窄的石阶。望着那一船去阿拉哈巴德的人,那些在恒河里一波波一层层沐浴的人,我已经完全是局外人的心情,眼光也就不同。

有人给这年的昆巴美拉节取了个好听的名字,"心灵奥运会",据说已经进入吉尼斯大全,人类有史以来最大"集会"。阿拉哈巴德搭建了好几个月的二十七座跨越恒河和亚穆纳河的浮桥,警察已增加到十万,日夜在沐浴区巡逻,两架直升机不停地在空中盘旋监控。那些豪华的帐篷,特殊划出的沐浴黄金地段,法国埃万矿泉水公司就会在今天推销矿泉水。一批又一批裸体圣者已经在桥两头等候下水信号,他们脸上身上抹了圣灰。乘抬轿的宗教领袖已经戴着花环打着黄白相间的巨型太阳伞,仪仗队全部白衣。身佩宝剑,骑着高头大马的教士正要敲响河畔的大鼓。

我能想象这一段恒河的水,被教徒们弄得多么混浊,恐怕十里外才稍稍澄清一些。人如蝼蚁,人的罪孽真也是蝼蚁之罪。

洗洗吧,都来洗洗吧。

那船上的人,那恒河边的人,走过我身边的人,多少是像我这样的观光客?平日我特别不喜欢观光客,可这时候,观光客最超脱。来看人类接近神灵的热忱,借大家的虔诚给自己一点儿简便的通灵之法,干脆图个热闹吉利。

我觉得神明在天上也排成一行,急于度脱人类。他们伸出双手,在没有一丝云絮的蓝天,摆着魔力无尽的手指。恒河水一触及皮肉,就内心透亮,个个人如新生婴孩一般纯洁单纯。

玄奘早就记下,婆罗尼斯这个地方"多外道"。看来一千多年未变,历史流动也太慢一些。

想到这里,我开始笑话自己,我这个无信仰主义者,没看到自己的苦楚:没解脱赎罪之途。有总比没有好,简单总比复杂艰深好,甚至,假的总比真的好。祝福你们,有信仰的人,你们有福了。

经书上讲,恒河沙不知其数。每粒沙又是一条恒河,又有多少恒河沙呢？生是沙，死也是沙，既然沙即河，那我就沾一两粒沙走吧。

看够了，差十五分到八点，我得去辛格上校家里取我的行李。回北京的时候到了，虽然我不想回去，宁愿去别处。来印度后，丈夫没有给我写一字，我想过给他写信，但都放弃了，因为一想到他，我宁愿相信他已经死去，我是在过没有他的生活。

值得庆幸，我差不多快忘掉他了。

若现在写封信给他，告诉他我不回他那儿去。可以想象他收到信时无所谓的神态，因为他知道，在这世界上，我无地可去。

是的，我迷失了我自己，永远难以找到魂。我只能回到北京，一想到那个冰冷刺骨的地方，我的心就发凉。

当我离开恒河沐浴区，朝回走时，突然看到辛格上校，远远地，跳入我的眼睛。老迈的辛格，正像甘地一样，披着一块黄布，拄着拐杖，在街上独自行走，看来他是回家取了或放了什么东西？

这太奇怪了，不是由于他消失了一天一夜，如果他想入河涤罪，从昆巴美拉节开始到现在，涤上数百次也由他了，每十二年他都在涤。如果他想赶今天的大"涤"，那就应当早起，天一露白肚，即晨星一闪，就在半明半暗的凌晨入恒河沐浴，加入上千上万的人的大快乐仪式，像他这样的圣者优先在前列。

可辛格上校怎么现在才去，光是在岸上排队等船，就要多少小时！这个辛格上校真是老糊涂了吗？

不对，他说往事时，头脑像个战场上的军官一样清楚，对细节了如指掌,他一点不犯糊涂。我不由自主地跟了上去,屏住气息,踮着脚尖,生怕将他惊动。我保持一段距离,确保他看不见。

下到石阶底就是河水,有一条空木船,辛格上校一接近船,船舱里有两人坐起来,像专门等他的。我止步,不好跟上了。

看着他们摇着桨离岸,我急得一身冷汗。跟着船往上游方向疾走,到了又一个河面石阶,有艘船刚好在脱缆,我赶快跳上去。十来个人,一边白衣,一边绿黄衣,男女分开在两边。

恒河里所有的船都向三江汇合之处的涤罪中心圣地去,全部摇桨逆水而行。这么慢,又是小船,一问,最快五天才能到,慢的话要八天。

八天!赶闭幕式还差不多。

印度人不着急,在船上不说话也不笑,过了一会儿有人带头唱歌,几乎所有的人都跟着唱起。辛格上校的船在前面,若这船就我一个旅客,他也不会看见,他在船上也在打坐。

大约两个小时,辛格上校的那艘船靠在东岸,一个小镇。我赶紧让船夫靠过去。

我下了船。看来这是个渡口,有些人在走路,在卖东西,鲜花堆了一石坎,大斗笠架在木板围廊上,笠边已经破烂。

辛格上校往恒河上游方向一步步走,走出居住区,走出铺了石阶的洗涤河段,到了空旷无人的地方。我跟着,已经过了九点半,让飞机见鬼去吧!今天的辛格上校,似乎比往日看起来更为健壮,一步也不停歇,虽然慢,但保持一种均匀的速度。

一个半小时后,我们一前一后走过一块牌子,上面写着英文和印地文:"此段河水急湍有漩涡,游客严禁下水。"

从很远就可看到河岸上有一段高坡,坡上长着一棵树,我以前在图片里见过这种树,却一下叫不出名字。这树在坡上显得树冠宽大,亭亭如盖。辛格上校在树下安然坐下,面朝宽阔的河水,开始盘腿打坐。

我停在很远的地方,这样的旷野中,坐在高处的辛格上校很容易看到我。我警觉地环视四周,没有什么人,便飞快地挪到一个小树丛后面,蹲下来观看。

辛格上校纹丝不动,腰挺得直直的,头平视,手放松,样子非常安详。但仔细一看,他根本没有闭目合十,而是双手自然地搁在双膝上,这也没有什么值得奇怪的,有一派瑜伽用这姿势,不过他的两眼,大睁着望着河面,背对着太阳。

看不清楚他的眼光,但感觉得到他在等什么,很不安地等着什么。

河面仍然只有水,这一段恒河水面空空荡荡,水流太急,禁止沐浴。四周静静的,流水声持续不断。在阿拉巴哈德被众人弄得浑黄的恒河水,经过长距离沉淀后,在这里已澄清明亮。

我看辛格上校的左手动了一下,但又放稳了,四平八稳,眼睛还是朝向河面,但似乎安定多了。

我再次往他前面的河岸上看时,才看到一个人,在恒河的水里站着,直起身子仰着头,不像在冥思,不像在祈祷,倒像是在和自己说话。我很奇怪,因为我一直四处观察,却没有看到他从任何一个可能的地方出现。他肩膀很宽,头发削得极短,河水一波波缓缓地冲着他的脚,他的腰间,也像甘地那样,围了一块白布。

然后,他朝河心慢慢走去,伸手把布解开,他匀称而健壮,不是那种表演式的肌肉发达,也不是中年人的标准壮腰,他的裸体如印度雕像一样。我很少见到男人的身体有这样的阳刚之气,尤其是在上午灿烂的阳光之中,在恒河上,所有的光,所有的波纹,所有的风,都变成了这个身体的背景。他停住了,微微转了一下身,背对着我。那活泼泼的光折了一个角度,照在他的背影上,更叫人心狂跳。如果他是,那他的臀部上就该有一颗红红的痣,隔得有些距离,但我已经感觉到了那红痣,刺痛了我的眼睛。

我不由得恐惧起来,大叫:

"阿难!"

不是,不是我的声音在喊,我已惊异得喊不出声,那声音是一种惊慌、喜悦和恐怖搅在一起的嘶叫,非常疯狂地在喊。

我顺着声音回过头,看到一个女人沿着河边朝这里飞奔而来,跑得披头散发。

我一下辨认出这个女人,心猛烈蹦跳起来,竟是苏霏!这个憋了那么多天,拒绝自投罗网的人,突然冒出来了。

没错,就是她。看来前夜我们谈话结束,她让我"什么都别管回北京去"时,就决定直接去了机场,出高价弄到临时空出来的机票,也可能没有票,得转道去别的地才可到印度。此时来印度就等于上天堂,全世界有问题的人都在往这儿飞。

她晚了。

但也许正好不晚。

我想她没有见到辛格上校,那她怎么一下子就找到这个地方?我不清楚,苏霏总有不少神秘的关系,我永远不可能全部查清。她对任何人都留一手。但是她为什么要狂奔呼喊?难道她要对阿难说什么,难道她知道阿难要做什么?

我一下子明白了一切,也不由自主猛地站起来,没有站稳,歪了一下身子,但和苏霏一样开始大喊,不顾一切地跑起来,互相也不看对方一眼,朝阿难站着的河滩奔过去。

这个男人惊奇地回过头来:他果然是阿难。他看到两个女人,从不同方向往他奔来,他的脸上没有惊奇,只是皱了皱眉头,他的脸相有种苍老感。

他抬头看了看辛格上校,辛格上校纹丝不动,连眼珠也没有转一下,他点点头,转过身,继续朝河心快步走去。

我和苏霏都尖叫起来,他已经走到及胯的深处。我的任务如何完成?我双眼发直地看着他,这一段河水不仅急而深,冲着他的身体,河水的湍流得响。他回过头来,看到我和苏霏还在奔叫,就伸出一只手,做了一个阻止的手姿,似乎警告我们这里有危险。冰冷的河水,已经使他的生殖器冻缩成一个小团。

我们果然都停住,我们一停,阿难扭过脸,依旧面对河心慢慢朝前走。

"快,找辛格来挡住他!"苏霏朝我喊。看来她早就看到辛格上校,肯定也看到我。我返身往辛格上校那里跑。

我奔近辛格上校,叫他,他没有反应,依然圆睁眼看着河水。我跑到他身边,对着他耳朵叫,依然没有反应。我仔细一瞧,他的眼睛毫不眨动,再推他裸着的右肩膀,抓到的是一股凉气。

我的脊梁骨一下子冷成冰碴,浑身打起哆嗦。这个辛格上校在刚才那几分钟坐化了,就在阿难回头看他的那一瞬间。

我摸他的鼻子,还是一股凉气。我咬咬牙,强行镇定,这么些天住在他家里,我对他很尊敬,非常喜欢这个奇怪的老人。于是,我对苏霏和阿难叫道:"他快死了,他死了,快来救人!"

这像一个命令:阿难头朝前猛一跃,落进深水中。苏霏开始朝深水奔去,一边奔一边踢掉鞋子,撕掉衣裙,像个救生员一样扑进水里。但是没有用,湍急的河水像无数手指抓住她的衣服,她无法跑快。阿难很快就在水中游起来,水速很快,把他带向下游。

我的喊声惊动了不少人,突然间警察骑着马从几个方向朝我们这边奔过来。印度警察今天的防范应急措施看来覆盖了相当远的距离。有个警察很快冲到我身边,跳下马。我指给他看辛格上校。他单腿跪下,摸辛格上校颈动脉。简短地说了一声:"死了。"就把他推倒在地。

"辛格上校。"我悲痛地叫起来。

"没用。别叫。"警察凶狠地阻止我,"死得不能再死了。"

对讲机闹嚷嚷一片,全是印地语在说着什么。我抬头一看,一堆警察已经抓住早已脱得半裸在水里奔的苏霏,她看来不明水势,不知从哪一段可快速进入深水,在被抓住的地方,水刚到她的大腿。有个警察早已脱下衣服把她遮裹起来。警方早就警告妇女不能有伤风化,不能在被水淹没之前当众露出太多肉体,违者监禁三天。

苏霏正在挣扎抗议,三个警察,其中一个是女的,把她手臂扭转按定在浅水里,泥水溅泼弄得他们几个人都很狼狈。

我指着河水大声喊:"有人自杀,快去救!"

警察朝着我手指的方向看,没有任何人影,阿难早就不见了。只有滔滔的河水,哗哗水声,恒河一切依旧。

第十六章

在恒河边遇到的一切把我整个人给掏空了,虚脱了好几天,我都不知道自己怎么回到北京的,也不知道自己是怎么下的飞机,怎么回家的。

打开家门,我把钥匙一扔,行李一搁,就坐在客厅的椅子上,那里有一杯走前没有喝完的水。我端了起来,想也不想便往喉咙里倒,听得到咕嘟咕嘟的声音。我停下,把杯子端在胸前,看到杯子空了,只剩下底上一层水。我放在嘴边,让水慢慢往下滴。我口干舌燥,要一缸水才能解渴。喉咙里发出干裂的声音,在那片强烈的阳光映照下,有一条遥不可及的岸,好像也发出过类似的声音。

桌上有丈夫留的纸条,他去了南方开会。

我洗了个澡,从头发到脚趾,到脚趾甲缝;我的左腿上有一块青块,跟右膝盖上的肿块一模一样大,腿上的已经发紫了。我摸了摸,轻轻地揉了一揉。这是我唯一记得的事,之后我就完全失去了记忆,躺在床上，人傻掉了一样。

丈夫回来了，说："你怎么啦？"

"我怎么啦？"我在心里问自己。

他端来米汤："快喝吧，你饿了三天啊，瘦成一层皮。"

"我要和你离婚。"这是我见到丈夫的第一句话。

"来，喝点。"他用勺喂我，"你不要你自己，我还想要你呢。"他坐在床沿上，垫高我的枕头。

"我要和你离婚。"我的声音非常微弱。

他搁下碗，把我抱在胸前，抚摸着我的头发和肩膀，我感觉到他的心在颤抖。

过了好久，我才说："你怎么知道我饿了三天？"

他说："看了你的机票。"

他拉开我房间的窗帘：正是太阳西斜时分，远处的山和一条线似的车流在动荡，现实世界是这么一点点清晰起来。

我删掉电脑里所有有关阿难的事情，包括他在南丫岛的照片，路上断断续续写的东西，太像什么圣徒传记。我不准备那样写，世界上不少任何一本书，正如不少任何一个人，干脆不写，与任何人无损。

孔子述而不作，让门徒编故事；耶稣创造故事，让门徒编成教义；六祖慧能干脆不识字，让大弟子神会把顿悟越说越玄。难道我是阿难这种自大狂的传教信徒？我甚至不知道他信的是什么教！

他和辛格上校肯定度过许多个不眠之夜，思考自己的存在，我的出现意味着什么，以及警方翻开的底牌——阿难已经成为全球通缉的罪犯。他们在苦恼的指责和辩解之后，明白这一切已经无意义，他们的讨论变成了如何结束这种存在，最后得出同一个结论：辛格上校看着他走向死亡，自己同时圆寂。辛格上校可能已有强令自己圆寂的功力，阿难则只能靠河水。

他们有意避开大众，找一个清净之处，他们是印度教的叛逆，正像耶稣是犹太教的叛逆，佛陀是印度教的叛逆一样。但他们是恒河的崇拜者，渴望一种超脱，用来摆脱灵魂的漂泊无依，却没有找到可以皈依的主，所以我这支笔也免了宣扬教义之厄。

他们明白，现存的宗教无法解救任何人，只有用自己孤独的手度脱世代的罪孽，更可能的是，他们借昆巴美拉大节的时刻，让自己在绝顶孤独中离开：恒河之风清兮，可以送我圆满；恒河之水浊兮，可以令我完成。

十里之下、之上的人，若吸到辛格上校在菩提树下呼出的最后一口气，呛入淹死阿难肺中的漩涡之水，带有多少人的罪孽，都无损于他们的孤独。他们回到东方宗教之源的河流上，坚持生命自行消失的权利。

破坏这种完美孤独的，却是苏霏和我。

两个月后，我恢复过来，感觉身体好多了。春天来临，一夜间突然下雪，有网站编辑约我去北京郊区一个度假山庄，说这恐怕是春天来时，北京最后一场雪了，赏景应及时。

我答应了，有车子来接，由亚运村往北，过了小汤山。中午到达后，一群人吃饭，分队打保龄球，电子游戏里杀人，然后热热闹闹赴晚宴。有些人去舞厅跳舞和卡拉OK，我则拿了游泳衣去更衣室，转过一个个回廊，跨进一个院子里的露天温泉。下到冒着热气的水里，月夜下，四周灯笼一盏盏，桃花一枝枝，仿佛在梦里。有个同去的女孩出温泉，走了两步，身体就往后仰，在雪地上打滚，留下一个挨一个的清晰人体印。

在那儿玩到半夜，就在山庄的旅馆过了一夜，旅馆不错，很干净。第二天上午十点回到家，坐到书桌前，才想起日子过去了许久，应该和苏霏联系，起码得向她交代写书的事。拿了钱，就等于签了合同。

于是我给苏霏打电话，她该早就回到香港了吧。每日集团总裁办公室有个女人接电话，却不是她的声音，我说找苏霏。那边我问是谁，我简短解释自己是作家，在《每日报》之约写书之事。那边说："她不在了。"

"那她什么时候在？"

那个女人这才说明："对不起，她辞了职，离开了本公司。"

我问："什么原因？"

那女人说："报上早登过本公司声明，前副总裁辞职，纯属个人原因。"

我就往苏霏家里打电话，只有机器的留言在一遍遍放。手机响了，没有人接。看来她不接我的电话，她的电话有显示，她记得我家里电话号码，故意不接。我换个路边用卡电话打，还是没有人接。

我不死心，因为手机在响，证明总有她可能接的时候。果然第三天清晨,她的手机里有声音回答我。

"你在哪里呀,苏霏?"我的声音有点嘶哑,突然心里非常想她。

"我不是苏霏。"

"那你是谁?"

"那你是谁?"对方反问了一句。

不过那柔绵又刚烈的嗓音不是苏霏还会是谁?我说了自己的名字。对方马上说:"我知道你。真是抱歉,我是苏霏的妹妹。"我心一冷,难怪她的声音和苏霏相像。

"那你姐姐呢?"

"对不起,她走了。"她添了一句,明显是怕我不懂,"不在人世了。"

"什么时候发生的。"我的声音都变了。

"两个月前自杀了。"

自从恒河边那样相遇后,我就没有见到过她,也没有与她联系过。没有给她写过一封电子信,也没打过一个电话。奇怪的是,我也没有收到她的一封信、一个电话,我们的断交,与结交一样毅然决然干脆彻底。现在等我要与她联系时,已经迟了整整两个月。

我想问那边她妹妹,苏霏的坟在哪里?好不容易才止住了自己。需要问吗?生离死别已经决定了,她躺在坟墓里,也肯定不愿与外界联系,尤其不想与我联系,恐怕最不想联系的就是我,不然怎么我一次也没有梦见过她呢?她首先要躲开的就是我。

阿难一死，这个世界上可能只剩我一个人，明白她在阿难的生命中扮演了什么角色，其他人都只知道她是导致阿难堕落的"贪财情妇"，在当今中国已经成批出现的一类死亡天使。她打定主意，就是不需要任何同情怜悯。所以，有什么必要问如今她睡在何处？

我不知道苏霏是怎么结束生命的。我突然明白，本来苏霏是准备和阿难一起死在恒河。她来印度，本来就是自投罗网。即使她能阻止阿难自杀，他们也会捆在一个耻辱柱上。她不顾一切地扑向阿难，决定与他一起，是活是死都不再分离。我在场，加上我与她一起喊叫，造成意外的结果。这就是为什么她被警察抓住时，那样愤怒地咆哮，她撕碎自己的衣服，做最后的挣扎。如果她能腾起化作一只鸟，飞出几十米，也要往水里落。她很绝望地望着我的方向，可能就是本能地求助于我这"唯一"了解之人，希望我最后成全她。

可是我没看见，有意无意都一样，不管我能做什么，结果都一样。我这么想时，如缅甸丛林那种吸血的蚂蚁成群爬上腿一样恐怖，我可以想象她被关着的三天是怎样度过的。

她被放出来，可以追随阿难，但是她恨印度，印度夺走了她家的男人。她回到香港，将阿难和她的所有东西都处理掉，电脑里所有的文件图片永久清除。

她坐船去南丫岛，在半山腰那幢别墅里。阿难最喜欢的一套白西服，她穿在身上当然大，而且长，不过这样更好，她打了一根斜条纹领带，有六十年代摇滚怀旧气味，这领带是她爱上阿难后，他给她的第一个生日礼物。她的内衣是维多利亚式的,镶花边,有绳结,这是阿难向她求婚时送给她的,她的腿上套了一双薄黑丝网眼的袜子。

她在那张双人床上躺下来,床下是一双紫色绣花鞋。如此搭配不和谐,但仔细一想,她当然是一个懂得美的人。她躺在床上,双手抬起来,放在枕上,她的头发梳得一丝不乱。她满意地看着天花板大镜子里的自己,这是世界上最幸福的一个新娘,笑意出现在她骄傲的嘴角。

她挪挪身体,往右边靠,留出左边,她习惯在右边,像以往两人做完爱后,她轻手关掉床前灯。房外就地挖了一个小坑,浇了汽油,正燃着她和他两人这些年来的信件和纪念品,包括阿难收集的各种音乐盘子,两人喜欢看的一些碟片,当然也有阿难的音乐盘子和两人的照片集,一本又一本。从山下看,以为这家人在准备篝火晚会,烧烤肉、玉米棒子,喝香槟酒。她听着火焰燃烧的声音,闻着衣物烧的特别气味,慢慢地举起了手枪。

血,大片的红色,会将一个个细节全部抹去,过程不会像我此时说得这么轻松而诗意。不过那一切对谁都不重要了。

我从客厅走回书房,皮椅背上搭着一条粉色的印度手绣丝绸披巾,本来它应该戴在苏霏美丽细长的脖子上,我拿了起来,看了看,然后放在写字桌上折叠起来。我在家里找了好久,才找到一个塑料包,把披巾放了进去。将椅子搬到书橱前。我脱了鞋,小心地站上去,把塑料包往书橱最高层里搁,太高了,搁了两次才放稳。

关上书橱门,门吱呀吱呀地响,仿佛是苏霏在说:"无所谓,我就知道你是一个冷心人。你像阿难一样冷酷如兽。"

那天孟浩接到印度警方消息,奔到现场。他要求立即打捞尸体,作为办案调查人员,他非要确证不可,不然就要考虑主犯伪造自杀现场逃逸的可能。

印方拒绝了,说是在如此宽阔的恒河上,无法进行此种作业。实际上他们是害怕事件公开,引起集中在恒河上下游的国际媒体注意,一报道,就会砸了他们眼看就到手的奖金。

孟浩极端愤怒,强烈提出抗议。印方也就不客气,请他去警察局"谈话"。整整一天后,孟浩明白此事无法可想,只能退而求其次,要求立即逮捕中国香港公民,重大贪污、行贿、共谋杀人嫌疑犯苏霏,罪名是隐藏罪证,涉及人命。

印方说原先中方出示的拘留引渡要求,只有黄亚连,没有此人,何况她用的是英国护照来印度旅行,罪名模糊,逮捕此人引渡中国,会引起印英外交纠纷。

等到孟浩出警察局向总部汇报,苏霏已经离开印度回香港。总部要孟浩立即回到北京,汇报黄亚连案遗留问题,涉及港商每日集团部分,待证据确定才能行动,不宜莽撞。

他回北京后没有几天,就得到苏霏的死讯。孟浩为此受到严肃批评,上级认为他坐失良机,应当及早逮捕案犯,不应延宕,以致案犯畏罪自杀,线索中断。他的另一条错误是用人不当,派出的调查人员思路混乱。孟浩为我辩解了几句:无非是印度警方不愿配合,未能及时查出案犯躲藏地点,他承认此人记忆受到损伤,不宜参与工作。

有文学院来请我教小说写作课，我觉得小说创作，无课可教，一向自由自在惯了，客气地推掉了。我原先半真半假的"自由作家"临时身份，就此成为我的永久职业。

两个主犯畏罪自杀，整个案件重点转向追查腐败渎职干部，以及追索非法资金。幸亏这个方面损失不太大，飞翔集团在各大城市的不动产大幅升值，足可抵债。向每日集团索取流散资金遇到困难，那里报告说苏霏及其母亲留下的遗产，情况复杂，两个妹妹与若干亲戚正在争夺，需要相当长时间清理。

牵进此案的干部，尤其是海关人员按受贿和滥用职权的轻重依法制裁，有三人判死刑，其余判二十年、十年、五年徒刑不等。

孟浩在电话里告诉我他在帮助清账结案，他的声音让我觉得，他并未像他答应的那样忘记我。他拿我做了一个试验，如果在我身上找不到他希望的那种东西，那么他对这个世界就真的没有任何想法了。他患了深深的孤独病。不过，不用担心，他有理性，他的理性一向能慑服他自己。

不久他又参加了另一个案件的调查，这个世界有足够的贪婪无耻和愚蠢够他忙碌。

有一段文字，一直珍藏在我心里。那些文字组合得非常决断，像手夹刀片划出的一片词句，对着这个世界。是的，是则遗言——记不得是谁写的，或许是一本书里的，总不至于是我的吧！曾在我电脑的文件夹里，被我删掉了。现在只能凭记忆写出来，不完全一模一样，意思差不多，我用电子信给孟浩送了过去。

之后，我将电话与手机号码都换了。

这是个雾气沉郁的清晨，我刚跑完步，在回家的路上，顺着高楼旁的花园走。有辆黑色轿车停在对面，我继续朝前走，腰上系着解下的外衣。那辆黑车降下车窗，仅仅一分钟不到，车窗又升上去。我装着没有看见，走在马路边上。那车子开走了，开得飞快，清晨的浓雾里，它居然没有打灯。

我停了下来，注视车子消失的方向。

看来他会放过我。他是个聪明人，他不想给我添麻烦。

我推门走进住的大楼里，在收发室里取信。很奇怪，有人从印度给我写信。没有落款，信封是我不认识的字迹。信走了两个月。我拆开，只有一张纸，两面都复印了一些东西。一面是一段我不懂的字体，看来是巴利文，另一面却是英文。我看懂了，这是一段佛教经文的英译，我以前读到过：

> 此时阿难正一人在返回的途中，这一天他没有得到供奉，他就手持食钵，在他驻足的城中沿街乞食。阿难在心里计划，待乞到最后一家施主时，就在那家接受供奉，不管那家是否干净，也不论那家是尊贵之姓还是卑贱之姓。阿难正走过城楼，慢慢向街上走去。他仪容庄重严慧，恭敬肃穆地按行斋的律仪乞食。就在他乞食到一处淫逸的住所时，他遭遇大魔法，一名叫摩登伽的女子使用婆毗迦罗先梵天咒，将阿难捉按到了淫床之上，并施予淫行，即将毁坏阿

难的持戒之体。

如来已知道阿难遭了摩登伽的魔法，于是离筵归来，命文殊菩萨去护卫阿难。一时之间，摩登伽女的魔咒被破，阿难和摩登伽女都被带到了如来这里。阿难见到如来，行礼佛足，悲泣起来。他悔恨自己，久远以来一向以"多闻"称名于世，然而并未成就圆满的道行。阿难恳请十方如来佛，助成他获至无上智慧，获至无上止寂禅定。

我看懂以后，失声笑起来。原来一饮一啄，莫非前定；原来这个阿难，就是释迦牟尼最钟爱的堂弟阿难，那个多才多能却容易受诱惑的少年；原来阿难那个本来要成就阿罗汉果的"戒体"，被摩登伽女往床上一按，就毁了道行，只好用悲泣来求"止寂"。

这是阿难留给我的吗？借个老故事把责任推卸得一干二净，也未免太方便。

这是辛格上校写的吗？好像辛格上校对人生的理解复杂得多，也从不把苏霏看得那么重要。

那么是苏霏写的？她就是"摩登伽女"在"淫室"里等着抓男人，毁他们道行？苏霏要自我谴责，也已经谴责够了，何必引经据典？

不管是他们哪个人，要用这种方式说明原委，说而不明，反而俗了。况且，他们何必向我说呢？我毕竟是个外人。

于是我看信封上的字迹，信是寄到纪检局，转过来的。当然被查看过，可能因此才耽搁了那么久。地址是英文，字体朴拙，看来是一个像我这样成年后学会英文的人写的,不会是辛格,阿难、苏霏,他们的英文比我娴熟得多。

我糊涂了。

费劲地想了许久才想起来:当时我过于激动晕倒了,被送到医院,注射了镇静剂。那天夜里,我终于醒了过来,沿着那家高级医院的走廊寻找盥洗室,走回来时看到一个图书室亮着微弱的灯光,但杳无一人,就走了进去。我在书架上看到一本很大的双语对照宗教词典,便打开台灯,从索引中查Ananda,发现条目奇多,佛要讲什么,都对阿难说。佛的其他弟子,都太高尚智慧:佛只要拈花,伽叶就微笑,开出禅宗一路,几千年不绝。只有这个阿难,总是让佛担心,要对他反复讲解提醒。佛灭后,差一点被佛的弟子取消传经资格,结果偏偏他传经最多。"如是我闻"的,常常是他。

我觉得,只有他传的经,才值得我这样的俗人听。于是就在《楞严经》这段开场故事夹了一张纸。

不知什么人,很可能是那个印度女警察,她那天夜里在医院里负责监视我。或许她后来发现了这本夹纸的书,明白了我的心思,就给我复印寄来,算是她的一点歉意吧。她可能想提出她的一点理解,印度式的理解,她是好心,想帮我弄清命运安排的因缘。

看来我已经忘记很多事情,也会忘记更多。这样好。我已经不想听阿难的歌,哪怕有人提起他的各种事,我都没有感应,实际上的确记忆淡了。这样好。我新的写作,中规中矩,尺寸分明,已经不需要任何音乐来提示情调，再听音乐写作，就是多此一举，变得有点做作。

丈夫与我协商，不离婚，他愿意中断和别的女人的关系，我们俩的生活持续。我是一个容易妥协的人，事实证明，睁开眼睛比闭上眼睛更能事事皆空。每一个曾经漫游的人，都有别人不知道的理由。我不知道别人，我只知道我自己。

不过这一切已经离我远去，我又开始写作，虽然只是为南方一家杂志写专栏，只谈风花雪月。现在，一切都无意中和苏霏的意愿吻合，我的生活走上一条新轨道，我的样子看上去的确比过去幸福得多。

只是偶尔做梦，见到紫红的九重葛，耀眼似火，一大石墙全是，开了落，落了开，如潮水般涌来。逐夜变淡，有一夜竟花开蓝色，干净的蓝，慢慢成冰山的光。

我的牙齿一颗颗落下，头发大把大把地掉，手上盖满斑点。不过我一点都不在乎，转了一个身，继续睡觉。终于，那门外的脚步声响起，朝我走来。

章外章

昆明之春

那年昆明大学生举行示威游行，抗议美军强奸中国妇女。这些美国大兵，哪怕当友军时，也管不住自己。苏霏的母亲在游行队伍之中。游行队伍被警察冲散，她惊慌失措地跑，跟着同一学校的人群，横穿过一条条街，步子慢下来，走到黑林铺，雨就下起来，即刻成了倾盆大雨。

黄慎之先一步躲雨进茶馆，刚在抹脸上的雨水，转眼看见一个短发穿旗袍的中国女子推门走进来，上气不接下气，皮肤瓷器似的细，奔得通红的脸，美得惊人。他当然认出那是英文系的系花，比他低两个年级。只是他从来没有仔细打量过她。

1941年春天，苏霏的母亲为躲雨，一进茶馆就看见一位英俊的男子盯着自己，惊慌得赶快退了出来。她记得那是一个高年级同学，听说写诗很有才气，二十五岁就发表十四行组诗《远眺》，传诵一时。她脸通红,不知是否另找一个店躲雨?

幸好,雨说停就停了。

他们后来在窄小的校园见面时,就自然地说起话来。原来她竟然能背得出他的诗句!以至于满校传说,他们才子佳人,好妙的一对。

再见好莱坞

房间里的落地窗帘敞开,正对着蔚蓝的海,透过玻璃可以看到整座山。每个人都到最后逃避存在的恐怖,将秘密隐藏心里,无法向任何人讲述?谁也信不得。

他们刚吵了一架。收购米高梅,进军好莱坞?他认为这种野心——扩展传媒帝国,与默多克比个输赢,野心很大,但是没有实质意义,风险太高。如他一贯的风格:他一旦否决,就不容她反驳,对于她描述的美好图景,不再想听一字。

再听两分钟,行不行?她说着,心里有点内疚,如果她的雄心小一些,这个男人就不会那样拼搏天下,神通广大。

不行。他说你这是虚荣过分:好莱坞或许是赚得暴利的好地方,但一点小事都会成为全世界小报谈资,盈利和亏损都一样树大招风。除了弄得大群记者带着照相机追拍你这个女大亨,没有其他任何好处。

她忍不住了,点出他的疮疤:你只会在大陆烟民、女中学生口袋里掏小钱。眼光短浅,要做就有声有色,富也要富得青史留名。

他哈哈一笑,说越是小钱,利润越大。你在香港的排场不就是内地烟民臭熏熏的肥料钱堆起来的？你装什么高贵！

她气红了脸，说你别忘了，没有我给你的第一笔资金起步，你有今天的局面？

他看看她，声音突然降下来：没有你的贪财无餍，我会弄到今天四周没有一个能相信的朋友，个个都在算计我们？这是什么生活？我告诉你，我讨厌这样生活，我真想回到扛着吉他到处蹭饭吃的日子！他说话时，眼睛里忽然闪出凶光。

她从未看到过他这样可怕的神情，他一向是个深藏不露的人，哪怕发脾气也顶多是摔坏花瓶或扔掉手机而已。或许这种人一旦下狠心，就是另一个人。她一下子不知道如何办才能缓解这局面。二十年来他们生活与事业紧紧交织在一起。她没有想到这个一向了不起的男子汉到了关键时刻，会把一切都怪到女人身上，说到底他和其他男人还是一模一样。

"你真是太虚伪了！"她气极了。

没等到她骂出第二声来，他站起来，手指着她的脸："听着，你走你的好莱坞，我去我的地方，今后不必见面了。"

他竟然说出如此绝情的话！而且头一扬就从她身边走过。她心冰透地看着他走出去，他仿佛也明白她在注视着他，所以走得利索，丝毫不犹疑。她知道那个子公司的案子已经弄得无法收拾，有人正要动刀子，幸好她和他多年来一直抽出尽量多的资金投到海外市场。正在这紧要关头，他居然想这样头一转干脆地分开？

这个傲慢独断的男人非常可恨，不过她知道他会回来，以前每次都忠实地回来，不提旧事，只是给她一点别的惊喜，例如同意她另一个投资方案，只要不是同一个就行。

可是打了一夜他的手机，全是"暂停使用"的回答。她便开始从受伤的情绪里挣脱出来，心神不定，几天之后，就恐慌得魂不守舍了。

她给他可能去的地方打电话，希望他知道她在找他。所有他的电话没有人接，她只能一遍遍听他留言上的声音。她从不这么疯狂，一个人坐在床上，想他想得没有办法。她开始派手下人到处打听他。

她每天刷牙五次，早晚各一次，三餐各一次。有一支牙刷是为他准备的。她有颗牙有病，医生要拔掉重做，但她暂时不想做，牙一拔，脸就变。医生说脸形只会更好。但她不愿意，因为怕他会认不出她。

她穿着绣花拖鞋，蓝丝绒的衣裤。她的头发还是老样：左边长右边短。她实在受不了，每次过几分钟都用手机听留言，希望有他的消息。

可是没有，总是没有。事情的严重超出了她的任何想象：这个人实际上失踪了！

遇见玄奘

这是你走过的地方，你记载过的地方。你是这个地方我唯一的同胞，我想再次相遇你，找一间木屋，生上炉火，点上烛光。想象你剃度的头发在树林外生长。

与大象并行的老者，朝我这边看，我走了过去。他的眼睛像杏仁般苦涩，竟递给我一枚酸果。

我拿在心里，听那路上的脚步，倾听几种语言在蜂窝里甜蜜，其实有一点儿你的消息就好，知道你在这儿就令我心满意足。

老者在树林捣鼓，他打翻了果浆的瓦罐，连连说：吸果皮，吸果皮，最后惊叫起来，狂笑不已。我连忙阻止他。突然十来人围上，朝我扔拖鞋和可乐易拉罐，然后把他按在一本厚书上，是小三十二长条开本，上面印的火车时刻表，已经被罢工打乱。

有人递给我一杯果汁，还说："不用找钱了。"

这一刻，我看见你的眼光：一枚闪亮的铜币，中间有方孔，"开元通宝"。老天！公元七世纪。

寻醉那一次

她的脸埋在水里，就听见他的音乐响起。呵，紫兰陀，天外国度，萍水相逢的销魂音乐。他们认识的那天，他反问她，你不喜欢吧？她故意点点头。她喜欢在游泳时想起这些。

她喜欢白葡萄酒，啤酒太轻飘；他则红酒喝一点，啤酒也喝一点。说混着喝，才各异其趣。

她慢慢喝。端着酒杯上阳台，暗红暗黑的街还没有点灯，人并不见少。

她从卫生间出来，他已经不在了。她拿起酒瓶，个个瓶底都是干的，倒不出一滴酒。将酒瓶通通放在落地阳台上，整整齐齐一排。她斜倚在沙发上，围巾滑落在地毯上。身体有依靠，觉得舒服多了。

他回来了，只穿着天蓝衬衣，像长高了一截。他摊开双手，说："没有酒。"

"没有酒？哦，没有关系。"

"根本买不到。"

"买不到？"

"我包里有大麻。"

"你真是一个唱摇滚的。"她说。她往沙发边移动，看见他在烛光下裹烟，裹得长长的。他放在嘴里，点上火，吸了一口。然后递过来，她吸了一口说，"好像不对？"

他说："骗你的，这是烟草。"

"不对，这也不是烟。"她闻闻，就笑了。她说："来，抱紧我。"

三十九岁爱上荷花

我曾经在导游书上读到过这变性巫师包治各种怪病，她/他艰难地摸寻一张牌，随意地看一眼，便丢在桌上。

我看了吓了一跳：那是个死人。

她/他又摸了一张，还是一个死人，只是换了种死法。再摸时，她/他犹疑地看着我，可能想知道，我是否有胃口面对那么多死亡。我的脸色已经代替我说了话。她/他收回牌，示意我坐到边上好好想想，自己到隔壁房间接待下一个顾客了。

阳光中的椅子，向暮的窗子已经没有多少热气。此后，再看看风声综合的黄昏。我忍不住要问："是什么药丸在我的肠胃里滚动？能给我水吗？"一股气流在如此强劲地摇动我的身体，好像在说：

我们不是乘客，而是船舟，
不是船舟，而是航行，
不是航行，而是航行之幻想，
航行的航行，给我水吧！

我离开时，回望那搁在桌上的纸牌，有点像欧洲"泰洛"算命牌，只是上面的图像有的更为艳丽，有的更加恐怖，样子更走极端。这个无所谓的民族，当然命也算得更戏剧化。不过死亡最不需要任何预言。我早知道要死人，我早知道两个人要死，因为我就是催命使者。只是现在我多知道一些这两人将如何死法而已。

那天，我买了一袋荷花种子，什么地方荷花可生长，我想我就会到什么地方去。

阿难解释自杀动机

他是艺术家，艺术任意而为，没有动机。

他是商人，他不做不算计清楚的事。

此刻，他既不是艺术家也不是商人，二者都功亏一篑，唇前杯落，未能圆满。但愿他能给自己解释清楚，为什么明天他会走进恒河。

今后若有人写到他,他的后代(总该有个女人生下他的后代没有告诉他吧!)会到法庭去告作者"诽谤先人罪"。很简单:他自己弄不清的,这个人怎能说分明?这个无聊文人!

他知道他的自我弹性太大。他从小卑微,多少年习惯低头服软,但是压力一撤,气球就立即膨胀,傲然升空。

他怀念当年蹲"5·16学习班牛棚"的日子。那时生存目的多么清楚,每活过一天,离纵火罪名公判死刑的威胁就近一分。死亡让他确信他活着,双手牢固地抓着存在。

他也怀念当穷歌手的日子,他的音乐感动的首先是自己。他完全不稀罕观众是否买票,是否买碟,因为艺术是他与神同在的证据。

他也怀念经商的日子,孤注一掷的意志,战胜对手的欢乐,迫使摆架子的干部就范的快意。

最不值得回顾的,是成功。他瞧不起那些疯狂的歌迷,他们都是害怕被忘却、被命运遗弃的俗人,只想与一个名字、一个球队、一个明星联系在一起。他也瞧不起他的公司建起的那大片大片的高楼新房,那些小白蚁似的白领钻进钻出。甚至"文革"当年,烟火喷出英国领事馆窗口,他都有一丝怅然若失——这对手溃败得太快。

生命已经十分无聊。没有对手,也就失去了欲望,气压过小,气球就会毁灭。

只有一件事能使他激动,那就是几个小时后计划中的死亡。他想得头痛欲裂,也想不出一个自他终止之后,他会是什么样:这种绝对的不确定,让他开始流汗。

是的，他怕。他已经很久没有如此痛快地恐惧。

雨季的死亡

英国军队中高级军官只能是英国人，英军在缅甸只有两个师。日本飞机出现在仰光上空。

开始缅甸战役后。日军一个师团狠追，另一个师团向西包抄，英军主力节节败退。这天拂晓，辛格所在的部队从仰光撤下来，潮水般涌过皮尤河大桥，情况相当危急。

后来辛格与黄慎之经常说起那次战事。辛格只知道英军不得不撤的道理，中国远征军兼程南下，刚赶到，就给英国军队殿后掩护，他后来才听到。

对大英帝国的利益来说，战略方针很简单：英军兵力不够挡住日军。缅甸并不是大英帝国的皇冠——缅甸无足轻重，印度才是帝国皇冠上的珠宝。印度的民族主义正在燃烧，一旦生变，危险万分。英军只能与日本人比谁先赶到印度。

刚南下的中国部队唯一的出路就是保存实力，赶快跑。

黄慎之所在的第二百师是整个中国远征军的先头部队，在这天凌晨接到电报命令，坚守同古城，为掩护英军撤退。二百师官兵凭借简陋的工事和武器，拒敌于城外。当日军退下去，一群群饿鹰疯狂地飞到阵地上来啄食腐尸。

所以黄慎之说他自己从那一刻成了鬼，他是一个愤怒的鬼站在莫里森上校的办公室。

这是一个可怕的错误,辛格上校说。1942年5月,同古城之战后,中国远征军接连挫败,日军早已包抄北路,在密支那设下陷阱,专等着中国军队。唯一的出路是,转头与英军一起退往印度,但是中国远征军不愿撤到印度去仰英国人的鼻息。

于是中国部队抛弃辎重,从山中小路北撤,试图回国。几场苦战后,很快被日军分割,几个师只能分途突围,二百师只得转入缅甸中北部山区打游击,伺机进入国境。可是缅甸人恨英国人,中国是英国的盟军,他们将中国军队的行踪透露给日本人。

中国士兵边打边撤。他们杀出血路,遁入八莫以西的森林和峡谷。黄慎之听见日本人在枪杀战场上受伤的中国士兵,那些惨叫传来,他没有办法,只有抓一把泥,塞住两个耳朵。

中国远征军落入惨境,遁入凶险的野人山后,几万大军在丛林里寻觅野果植物块茎、野芭蕉和竹笋,捕杀飞鸟青蛙老鼠,能吃下就行。开始有人饿死,为了争夺一口食物大打出手。甚至吃自己同胞的死尸,用篝火架起来烧。

魔鬼的手伸向了他们的喉咙。

剩余的部队终于挨不过命运,只得停止往北而向西行进,往印度去。日行二三英里,没有道路,翻越野人山。雨季已经来临,这是最可怕的季节。整天倾盆大雨,洪水阻塞河沟小渠。身上总是湿的,既不能徒涉,又不能搭桥摆渡,工兵扎的木筏,还未使用,就被洪水冲走。手脚脸、身体只要露在外面的地方,就粘上千奇百怪的小巴虫。在丛林中散宿,等于在魔掌里,丛林里有种食肉的巨蚁,还有种热带蚂蟥,体长粗壮,吸人血直到它自己胀破爆炸。

他们在丛林里转了三个月。许多人都染上回归热,黄慎之也未能幸免。没有针药,连日发高烧,昏迷不醒,以为必死不误,被队伍拉下了。一家好心的当地人发现他们,把他们救了,用土方医,病好后,他们沿着当地人画的地图走小路。八月里,他们走出丛林,到达宁静的印度小镇利多时。

夜印度

我特别想你,记得那天在火车上,突然下起大雨,往窗外看去,轨道两侧全是一色黑雨伞,这是我们俩曾经一起谈论过的一幅画。

有点触目惊心。火车穿过大片贝叶棕,有你喜欢的动物:牛、羊,还有马和老虎。想起我们刚住在一起时你经常说,希望每天能吃到新鲜水果,有一个花园和水井,可以自己发电,可以自给自足。米酒足够整个冬天夜晚跳舞时享用。你的声音有磁性,尤其半夜睡过两个小时后,当你吻醒我时。

夜还是凉的,紧身红绒衣,黑大棉布裤,坐下来仔细想你说的话。

一早房子里有人送花和水果。

河边有人提着瓦罐倒亲人的骨灰。

婶婶的遗言

有一天他问她，你喜欢窗帘什么颜色？

她说白色。

三天后她看到白色卷帘在他们卧室的大玻璃上挂着。以前他喜欢窗子什么也不挂，所以夜里他们熄了灯就对着夜色不停地说话。屋顶的大镜子蒙有一层淡淡的蓝光，她深情地看着他，他说从来没有谁像她这么看着他，除了婶婶。

她觉得奇怪，你婶婶不是恨你吗？不是威胁要告发你叔叔吗？

他说，是的。女人都是这样，想法变来变去，但是她的确是很喜欢我的。他说起少年时的恐惧，他那一天回家，看着家门前围了很多陌生人。

婶婶那天出事后，在医院急救。他去看她，她一直昏迷，当他握着她的手，她苏醒过来，短暂的几分钟，此后就再也醒不过来。

他说，不知为什么我很思念她，我是从那时开始写歌，献给她。

她是我遇见的第一个美丽的女人。她有很浓密的一头黑发，有一枚木发夹，手工雕的鱼，她的手绕在脑后夹头发的姿势真是美。他说，你知道第一次我对你说她的发夹，是我们在火车上，你背对着我弄你的头发，我当时就想，这个女人才是我梦寐以求的。而且我当时对自己这感觉非常吃惊。

他说，因为你和婶婶回头看我的眼神几乎是一个人。记得她临死前对我说，等你长大了，有一天你与一个女子在一起，清晨醒来发现她仍然是美的,那这女子就是你的妻。我每天早上醒来看见你都是美的,所以你命中是我的妻。

决斗

葬礼那一夜,辛格上校喝酒了。他从不喝酒,阿难的奶妈已经睡着了。他将阿难抱在怀里,眼泪掉在阿难的小脸上。阿难张开眼看自己的舅舅,笑了,辛格上校哭得更厉害,他从知道出事那一刻到这个晚上,一直坚持不哭,日后他的父母去世他也没有哭。

他回到婆罗尼斯那幢房子,就把父母及舅舅的照片取掉,换上他亲爱的妹妹和妹夫的照片,他终身不娶,他的魂在这个夜里有一半被他们带入恒河,这些年他一直是和他们俩在一起,几乎就生活在一起。他们永远年轻,而他自己早就老得像一棵枯树。

莫里森有一天回家,辛格上校虎视眈眈等在门口。

莫里森说:"我知道你要做什么,你让我先回家看一下妻子,就跟你走;我以一个英国军人世家的名誉起誓,我不会不出来。"

当天中午正一点,太阳直直地照在梅登广场上,没有斜影,他们两人在广场北部从东西两方朝对方走,两人都穿着白衬衣,戴着墨镜。

太阳正毒,中午街上只有几个人,巨大的广场上一个人也没有,遥遥相对的要塞和纪念碑庄重而漠然。但突然警车响了,警察跳下来,看见两人谁也没有开枪,他们都还没有来得及掏出决斗的手枪来,所以就装起朋友一样走到一起,握起手来,警察看看这两个奇怪的人,就走到广场一边去，不过并没有离开广场。

他们表情轻松地开着自己的车离开广场。莫里森比辛格上校还愤怒，辛格上校只是沉着脸，车子一前一后，但开出城中心，就不对了，莫里森在拼命加速，辛格上校不顾一切地追。几个小时已经到了海边，辛格上校赶上了，将车横在莫里森车前，坡下是孟加拉海湾透明的蓝，左边是陡峭的山岩，除非从面前的车上飞跃过去，莫里森只得踩了刹车。他打开车门时，辛格上校也拉开车门。

辛格上校掏出他的手枪说："我们不必用枪，我今天用拳头打死你。"

莫里森说："好汉，来吧。"

他们同时把枪扔进悬崖下的大海。辛格上校像被夺走雏鹰的巨鹞，猛扑上去，一拳打在莫里森脸上，同时莫里森的右拳击中了辛格上校的胸部。这第一拳都太狠猛，两人都踉跄倒退了几步，正眼瞧了对方一下。然后他们又扑在一处，扼住对方的喉咙，一直滚下坡去。他们脸上、身上全是血，打红了眼，头顶在冒烟。辛格上校卡住莫里森脖子，抵在岩石上，仇恨使他脸形扭曲。

莫里森突然变了一个人，干脆松开扳住辛格上校的双手，闭上眼睛，听之任之，脸上的笑容很奇怪。他费劲地说："你有胆量，你就下手吧。你这是暗杀。"

辛格上校退后一步，站稳，拍拍自己的手，慢慢地说："想谋杀你，就不必和你决斗，要杀你的人有一大批，我不。否则就便宜了你。"说完，他就艰难地爬上坡，莫里森跟了上来。

两人爬回各自的汽车,朝不同方向疾驰而去。

丝绸的内部

这个小岛在台风"安娜"中摇撼,像水面的一个豆荚,几乎翻了过来。已有一周,电视里报道四周许多小岛房屋坍塌,树木折断,岸边走的人落入巨浪。

忽然又风平浪静,小岛没沉下去,又是太平盛世,灯红酒绿。新年刚过,街上装扮依旧,远望维多利亚港湾,焰火炸开,人群相拥大笑。他们总有可庆祝的大事小事。

他从别墅的窗口往空中望,她是否会于今日如约来?这个小得别扭的岛,成了相互舔伤口的洞穴。

他等了一夜,没睡,等不到她。雨细得似有似无,像猛兽轻柔的尾毛。他觉得肚子饿,就到林子里走了好久,色眯眯的蝴蝶总飞来遮挡他的眼睛。

走到街上。有人追着他要给他算命。AB血型。生肖:龙。星座:巨蟹座。

命信则灵,不信拉倒。算命人像香烟广告般预先忠告,这太煞风景。他拂袖而去,我就是一直不信命,所以我才成为我。他穿过广场,找了家小饭馆靠窗的位子坐着。要了一碗面条。岛上洋人多,前嬉皮在这里才如鱼得水:种种语言与怪声怪气的广东话普通话乱飞。他望着上早班的人匆匆忙忙的身影,这一刻,若是有她在身旁就好了。一个金发男人停在窗口，朝他看。他站了起来，走出去。他朝右边小贩摊走，那儿有新鲜的水果、煮熟的早点。

莫非这个人是她装扮，她早就到了？这个念头吓了他一跳。

可能她早就到了，甚至比他还早，她一直喜欢演戏，生活太乏味，她喜欢找刺激，他甚至怀疑她不断经营的胃口也是刺激。

没有约在机场，是他们的明智。机场大如海洋，人一进去，就像一个透明的虾消失在海里。机场的播音恐怖，总在提醒人已是离去时辰。

他回到别墅，却发现她带着礼物在等着他。他打开大纸盒，紫红的中式长衫，丝绸面上梅花、兰草，银闪闪的，弄得他眼睛湿了。他在心里说，我永远不会告诉你，我怎么感激你！

穿上这衣服，他觉得身心自由，坐下时，腰自然挺直，她喜欢他手指涂一种几乎看不出来的指甲油，说是看上去美，又能保护手指。这就是你要我成为的形象？他对着镜子问，仿佛她在里面。

穿成这样，去讨饭，准行。她的话让他笑起来。

他问，就这个样儿愿和我一起站在香港街上行乞？

行乞？她重复，然后说，是的。

但是这一刻，他们裹着丝绸的身体揉进了对方光滑的内部。

危险生活的时代

几天前，我搭轮渡来此。

当我站在这房子门前，我知道，我就是另一个人了，像身后的夜色，关上门就不见了。

我脱掉高跟鞋，赤脚，走路很轻，在地板上，跟风拂过草地似的。唯一的声音是窗外鸟啼叫。回廊上有一把藤椅，仍在原地。

接完一个电话，我回到房间，重新坐在藤椅上，拿出母亲的日记。我已经读过多少遍，几乎每一页都有让我胆战心惊的秘密，虽然她写得隐晦。我翻了几页，很害怕，若他如日记里人物一样，或许他也会有我们家男人的命运，仿佛这想法也是对他的一种背叛。

曾经趁他睡着，寻找他的白发，偶尔发现几根，我就用剪子悄悄剪掉。想起当初在另一个城市听到我父亲自尽的噩耗，他想赶来，但暴风雨令飞机停开，没有赶得及，他急坏了，说就是那时生出白发。

这个下午，我到房外山上小径上走走，呼吸新鲜空气。想起小时，母亲经常放音乐，大都是她年轻时二十世纪三十年代的老唱片。收放机效果不好，听起来，有种苍老感。母亲笔记本上抄的诗，字迹非常工整娟秀，但是，上面还有好些莫名其妙的符号，纸已经发黄，符号更加神秘。

有一次我问她怎么会抄诗？

"年轻时喜欢——"母亲说着突然把手里笔记本摔在地上。

我吓得嘴唇冰凉。家里花瓶每隔几日都有一束素馨花，盛水的石瓮装掉下的花瓣，最好看的一朵总是插在母亲的头发上。

塔斜下去

漫成成片漆黑的水

一高一低的道路

杂草越过人头，遮住粗壮的树

在一个名叫家乡的地方

留下两种叫声

裹在旧衣里。而另外的地方

他们烧死的纸人

正在游行

我忽然想起来，曾经听到母亲背诵过这首诗。我当时听了很悲伤，觉得这诗太美，危险的美。我问是谁写的，怎么我认不出？母亲转过头去，不回答。现在我又看到了。的的确确是太美，太危险，那青春岁月：母亲的，我的。

男人先死的世界

很闷热，据说全球气温转暖。生物学家已经写文章解释蛙如何由青绿变黄的原因。

点着煤油灯，一街都是，闪烁不定，和以前的夜景不同。他们挤挤挨挨在路沿上。黑夜里那些人表情平和，穿戴平常。月亮在街正中间，有卖甜点和奶茶的人吆喝起来。男人嘴里含着长烟枪，随意地向女人吐烟气。这儿以前有过战争，闹过饥荒，男人活不过女人。

"你守过亲人死亡吗？"他问她。

她说："他从二十九层高楼跳下来，除了脑子摔破，全身完好。我赶到出事现场，一直拉着他的手，直到他被送入殡仪馆，我才松开。"

我们将转世为蜘蛛

很多年前我想过来这儿，如同想吸这儿有香味的草叶，没有行李、没有同伴。就我一个人从河里出来，披了件宽大的衣服，赤脚向山坡爬。山坡很高，我从容地向上爬，山坡就平缓下来。

永远凉、潮湿，这是一个木屋，屋顶上开了些黄花。我每天一进去就躺在床上，决定此生做很多事，当然也可以不再做任何事。

恍惚中看见你从茅草屋经过，手里捧了金灿灿的花，你把花放在门口，温柔地走近我，我指着自己的心说："我前世的名字叫阿多妮索，也叫摩登伽，只有你能懂我的语言，明白我的过去，因为前世我过于纠缠你，佛让我失去了你。"

你单腿跪下说："我的逃离者，这次我们把命运捏在自己手里。我们都有罪，我们都犯了大孽。为此，我们同受惩罚：下一世我们将是最卑贱的虫豸，我们将是蜘蛛，永远在一起——你是那种叫'黑寡妇'的贪婪的雌蜘蛛，我将让你吞食我，一口口撕咬吞进你的身体，在一场忘情的交合之后。"

若我告诉你，我前世出生在这儿，你应该不吃惊。如同有一天你读到我精心建筑小说中的一切，你会明白为什么我将这部小说献给你。

不完美的爱才是最美的爱,没有实现的爱才是最稀罕的爱。我是永远无法爱你,所以我到印度来逃避你。看见了吧,太阳出来,越过地平线,你就不在我的眼里了。